Titre original :

KIRK'S LAW

*A ma famille...
Dorrie, Chris, et Anne...
pour leur compréhension.*

Une production de l'Atelier du Père Castor

© 1981 Robert Newton Peck
Published by arrangement
with Doubleday and Company, Inc. New York.

© 1983 Castor Poche Flammarion
pour la traduction française et l'illustration.

la dernière chance

ROBERT NEWTON PECK

la dernière chance

traduit de l'américain par
ROSE-MARIE VASSALLO

castor poche flammarion

Robert Newton Peck, l'auteur, descend de plusieurs générations de fermiers de l'Etat du Vermont, aux Etats-Unis. Il garde toujours la foi de son enfance et la conception d'une certaine vie que lui a léguée son père : « La foi d'un homme qui ne vaut rien si son chien et son chat n'en ressentent pas les bienfaits. » Robert Newton Peck a été tueur de cochons comme son père, il a également travaillé dans une papeterie et a même exercé le métier de bûcheron. Il a écrit de nombreux livres publiés aux Etats-Unis, mais ses activités ne se limitent pas à la littérature. Il aime les grandes causeries publiques. Durant ses loisirs, il se tourne volontiers vers son piano, sur lequel il joue des airs endiablés, ou encore il joue à ce vieux jeu écossais, le curling, qui consiste à faire glisser des palets sur la glace.

Du même auteur, traduit en français :
Mort d'un cochon, Editions Flammarion.
Un certain monsieur L, Castor Poche n° 9, Flammarion.

Rose-Marie Vassallo, la traductrice, vit en Bretagne, près de la mer, avec son mari et ses quatre enfants, grands dévoreurs de livres.

« Lorsque l'on vient de lire un livre et d'y prendre plaisir, dit-elle, on éprouve le désir de le propager. Et l'on s'empresse de le prêter à qui semble pouvoir l'aimer... Mon travail de traductrice ressemble à cette démarche : j'essaie par là, tout simplement, de partager ce qui m'a plu.

« Et ce qui me plaît, dans *La Dernière Chance,* c'est le constat qui en découle, derrière l'humour et la vérité de ce monologue d'un garçon de quinze ans : nous souffrons tous, à des degrés divers, d'un cruel besoin d'auto-estime

– besoin assez mal connu, et rarement satisfait dans toutes ses exigences. Et sur ce plan nous souffrons facilement de carences, sans le savoir, le plus souvent. Cette auto-estime, bien sûr, nous la nourrissons en partie des jugements élogieux d'autrui. L'ennui, c'est qu'Autrui renâcle volontiers à nous prodiguer ses éloges. Ou bien, pire encore, ses compliments sont en toc, et nous le sentons bien. Alors? Alors, rien ne vaut, à coup sûr, l'estime de soi que l'on se fabrique soi-même, en se retroussant les manches... et en venant à bout des embûches – si le ciel le veut! »

La dernière chance :

Collin Pepper, à quinze ans, trouve la vie plutôt assommante. Le collège? Rasoir. (Et vous pouvez les essayer tous, c'est partout pareil.) Les parents? Casse-pieds. (Toujours à vous sermonner.) Les copains? Guère mieux. (Surtout quand ils vous traitent de « chouchou-sucre d'orge ».) Et voilà que son père l'emmène Dieu sait où, dans un trou perdu du Vermont, chez un vieux bonhomme qui sera son « patron », et qui n'a ni voiture, ni télé, ni frigo – rien qu'un fusil de chasse et un chien, et les grands bois austères de ces flancs de montagne, où le plus proche voisin est à des kilomètres. Revanche paternelle, ou punition? Non, son père affirme que Collin est ici pour « apprendre ».

Pour apprendre, Collin apprendra. Il apprendra que la vie ne fait pas de cadeau, qu'il faut parfois s'y cramponner ferme, que c'est peut-être ce qui en fait le sel. Il apprendra, plus encore sans doute, que l'être humain a terriblement besoin de s'estimer lui-même, et que ce n'est certes pas là le plus facile à obtenir...

Chapitre 1

– Serions-nous perdus, par hasard ?
– Oh, rien d'irrémédiable encore, mon garçon. Je dirais même que je compte bien voir les choses s'arranger d'ici peu.

Mon père, tout en parlant, n'avait pas détaché son regard du chemin de terre qui serpentait devant nous, derrière le pare-brise. Il y avait déjà près d'une heure que nous montions gaillardement, sur cette route de montagne en lacets. Où allions-nous ? Je n'en savais rien, mais la grosse Lincoln, visiblement, était pressée de s'y rendre.

– J'abandonne, Papa. Où sommes-nous ?
– Tu as une carte du Vermont dans la boîte à gants. Si tu tiens à te renseigner, tu n'as qu'à chercher toi-même. Et si ça ne t'intéresse pas, si

décidément tu t'en moques, alors une chose est certaine...
– Ah ouais, laquelle?
– Tu auras fait encore un pas de plus vers le rôle d'éternel perdant.

Je ravalai un soupir. Dans l'espoir de couper court à l'un de ses sermons-ritournelles sur ma personnalité désastreuse, je me penchai vers la boîte à gants pour en extraire cette carte, et la dépliai avec ostentation. La dernière bourgade traversée, si mes souvenirs étaient bons, devait s'appeler Middlebury; et nous poursuivions plein nord.
– Il y a un collège, par là, dans le coin?
– Non, pas vraiment. Pas de collège ici, Collin, pas d'école. Du moins, pas au sens où tu l'entends. Ce n'est pas dans une école que tu vas, cette fois.
– Mais pourtant, tu avais dit...
– J'avais dit – souviens-toi bien – que je t'emmenais dans un endroit où tu finirais peut-être par apprendre quelque chose. Ni ta mère ni moi-même n'avons une seule fois prononcé le mot d'*école* ou de *collège*.

Je me renfonçai contre mon dossier, raide, la mâchoire serrée. Je n'osais plus poser de question. Mon père allait se débarrasser de moi, quelque part par là, dans cette forêt déserte. Derrière la vitre défilaient des troncs, à l'infini, et de larges plaques en lambeaux de ce qu'il restait

de neige, en ce début d'avril. Une solitude glacée.
– J'ai quand même le droit de savoir où tu m'emmènes.
– Bien sûr que oui, tu en as le droit. Et c'est pourquoi je vais te le dire.
– D'accord.

Je venais de voir surgir soudain, en imagination, les longs couloirs d'un hôpital psychiatrique, les hauts murs de béton d'une maison de redressement... Il n'avait jamais, jusqu'alors, été question de m'envoyer dans ce genre d'établissement. Mais peut-être n'avais-je rien perdu pour attendre?
– Ce qui t'attend, mon garçon, c'est une éducation dont j'espère qu'elle rentrera dans ta petite tête, pour une fois; et qu'elle aura plus d'effet sur toi que les enseignements dispendieux de ces ruineux instituts d'où tu t'empresses de te faire éjecter.
– Je suis désolé, pour ça, Papa. Je te le jure.
– Ecoute-moi, Collin. Au collège, tu ne fichais rien. Vrai? Bien. Alors, l'automne dernier, je t'ai envoyé à Kent. Avec la promesse solennelle, de ta part, que tu y travaillerais davantage...
– Je sais.

Les mains me brûlaient de réduire en boule cette malheureuse carte qui n'en pouvait mais.
– Tu as lu leur lettre comme moi : un semestre pour rien. Tu as récolté des notes désastreuses, tu t'es conduit de manière inqualifiable, et je ne

jurerais même pas que tu te sois fait là-bas le moindre commencement d'ami.

Il disait vrai, sur tous les plans. Le collège, à Kent ou ailleurs, c'était le gouffre, c'était la mort. Mais peut-être bien que ce qui m'attendait, désormais, c'était l'enfer, en plus?
– Tu veux que je te dise, Collin? Tu as mené jusqu'ici une vie bien trop douillette. Le vrai lit de plumes. Et le résultat, c'est que tu es tout ramollo, de corps comme d'esprit.

Je sentais venir la nausée. J'aurais voulu lui crier de se taire, et l'obliger à faire demi-tour, à me ramener à la maison. Ouais, ouais, d'accord, j'essaierais – une fois de plus – de travailler un peu au collège de Greenwich. Au moins, là-bas, il y avait quelques minettes pas mal du tout. Et des mecs à la coule.
– Et qu'est-ce que je serai censé étudier?
– La loi.
– Tu veux dire que c'est une école de droit?
– Mm, d'une certaine façon, oui. Mais pas du tout comme Harvard et Yale*. Cela dit, je compte que tu en apprendras plus long, avec le professeur auquel je te destine, que si tu passais ton temps à potasser des grimoires.
– M'étonnerait que je reste longtemps dans ce trou perdu.
– Alors comme ça, pour toi, c'est tout vu

---

* Harvard et Yale : universités américaines.

d'avance? Même pas besoin de voir l'endroit, de découvrir à quoi ressemble le principal? Tu as décidé que tu n'y resterais pas, un point c'est tout?
– Peut-être bien.
– Peut-être bien, dis-tu? Ouais. Et peut-être bien que le vrai fautif, c'est moi, le père. Je n'ai pas eu grande influence sur toi, ça, je le sais. Tout ce qui t'intéresse, en gros, c'est la télévision, la bouffe – et toutes les cochonneries qui s'absorbent –, la musique à plein tube, les films cochons, et les petites minettes qui se fagotent comme des Marie-couche-toi-là...
– J'ai bien le droit de m'amuser.
– Bien sûr, que tu en as le droit. Chacun a ses droits. Et chacun a, qui plus est, le devoir de les défendre, ces fameux droits. Parce que, dis-toi bien, si on n'y met pas un peu du sien, ils ont une fâcheuse tendance à fondre et à tourner à rien, les droits. Quand l'hiver n'est pas assez rude, la glace redevient de l'eau.
– Et alors?

Je savais que cet « et alors? » était, par excellence, la réplique qui l'exaspérait.
– Alors? Alors, ce que je m'apprête à t'offrir, c'est une bonne ration d'hiver rude.
– On est en avril.
– Exact. N'empêche que ton hiver, Collin, il est devant toi. Le plus rude et impitoyable de tous les hivers de ta vie.

– Ah ouais ? Et pourquoi ça, au juste ? Pour avoir ta revanche ? Parce que tu veux te venger d'avoir vu ton fils se faire fiche à la porte de Kent avec un coup de pied au derrière – sans même pouvoir récupérer tes chers gros sous –, c'est ça ?
– Je me soucie de savoir ce qu'il advient de mon argent, parfaitement. Mais je t'avouerai que, curieusement, ce dont je me soucie plus encore, c'est du dénommé Collin Pepper.
– Tu veux rire !
– Non, je ne veux pas rire. Et c'est précisément pour ça que j'ai l'intention de t'offrir cet hiver de peine et d'efforts. Parce que j'espère qu'ensuite, quand le printemps reviendra, tu sauras l'apprécier.
– Je ne te suis pas du tout.
– Aucune importance ; ça viendra.
– Cet endroit où tu me traînes, c'est... une sorte de maison de correction... ou bien une prison ?
– Une prison, non. Mais je compte bien que ce sera pour toi une sorte de maison de redressement, si l'on peut dire. L'une des plus implacables... Oui, la plus dure, peut-être, que puisse jamais connaître un garçon de quinze ans.

Je sentais monter une forte envie de pleurer. Mais il n'en était pas question : je n'allais pas lui offrir cette joie, pour ça non ! Qu'il aille au diable avec ses collèges, ses instituts, et tous les établissements scolaires de la terre !

– T'en fais pas, je me barrerai. Tu ne peux pas

m'obliger à hiberner dans ce trou à rats. C'est l'enfer.
– Peut-être que tu trouveras la force d'âme d'y rester, et de t'en tirer honorablement.
– Compte pas là-dessus.
– Et si tu réussis à filer, ce sera pour aller où? Je te préviens que pour un bout de temps tu ne seras pas autorisé à retourner à la maison. Je m'y oppose formellement.
– Maman est au courant de tout ça?
– Elle est au courant. Je dois t'avouer que cette idée l'enchante encore un peu moins que toi. Mais j'ai réussi à la convaincre que nous devions au moins tenter le coup.

Oh, j'aurais voulu le mettre en pièces. Ou empoigner le volant et envoyer sa chère Lincoln dans le décor : il ne l'aurait pas volé, tiens, de la voir au fossé – défigurée, muette, le radiateur fumant! Et pas l'ombre d'une dépanneuse à l'horizon, pas le moindre concessionnaire à des dizaines de kilomètres à la ronde!

Je tirai mon peigne de ma poche et entrepris de me recoiffer. Je savais combien ce geste le mettait hors de lui. Il était chauve. Et en effet, comme au signal, il prit la mouche.
– J'ai élevé un garçon qui se soucie plus de sa chevelure que de sa personnalité. J'espère bien, Collin, tu peux me croire, que tu vas réviser ton échelle de valeurs d'ici peu.
– En prison comme un rat?

– Au contraire. La liberté, c'est d'abord la force d'âme. Rien à voir avec le lieu où l'on se trouve.
– La bonne blague.
– Tu apprendras peut-être, là-haut, à devenir plus libre que tu n'as jamais rêvé de l'être.
– Ouais, je vois ça d'ici. Y a des chances.
– Ecoute, ce n'est pas un pénitencier. Et si tu as l'impression de vivre en prison, comme tant de jeunes de ton âge considèrent la vie de famille, permets-moi de te faire observer que les barreaux de cette prison, tu les as forgés toi-même. Ce sont les plus redoutables, d'ailleurs.
– Tu parles. Encore des belles paroles, tout ça.
– Peut-être pas seulement. Et j'espère aussi que tu te rendras compte que je ne cherche pas à te mettre sous clé, en t'envoyant là-haut. Bien au contraire. Ce que je cherche à faire, c'est t'aider à sortir de ta pauvre petite cellule.
– Tout ce que j'y vois, moi, c'est que tu es joliment doué pour retourner les choses comme un gant et les plier à ton bon vouloir, toi, Papa.
– Ah bon?
– Ouais.
– Eh bien, à présent, ça va être à ton tour.
– A mon tour de quoi faire?
– A ton tour de retourner les choses et de les plier à ta volonté. A ton tour de *te* retourner, si tu préfères. Tu es mon fils, Collin. Mais un garçon

n'appartient pas à ses parents. Tu ne nous appartiens pas.
– Ah bon? Et j'appartiens à qui, alors?
– A toi. C'est tout. C'est ça, devenir adulte. Mais c'est quand même un peu plus compliqué : parce qu'il faut, en plus, ne pas être esclave de soi-même. L'esclave de sa propre faiblesse.
– Là, voilà : *faiblesse*! Je le savais bien, c'est le mot clé. Un pauvre faiblard, voilà ce que je suis pour toi. Un minable. Et depuis toujours.
– Mais non, pas du tout. Simplement, je crois qu'en chacun de nous il y a des points de force et de faiblesse. Le minable et le héros.
– Etre un héros, ça ne m'intéresse pas. Tout ce que je veux, c'est ne pas me casser les pieds. M'amuser. Ne pas m'entendre beugler dans les oreilles, toutes les cinq minutes, ce que je dois faire. Toi, tu voudrais que je te ressemble, tu voudrais que je devienne comme toi – un homme d'affaires de haute volée. Seulement, je ne te ressemble pas. Et c'est pour ça que tu ne peux pas me blairer.
– Non, mon garçon, tu n'as pas compris. Si je t'emmène là-haut, figure-toi, ce n'est pas parce que je ne peux pas te « blairer », comme tu dis. Pas du tout.
– Alors, c'est pour quoi?
– C'est pour que tu apprennes à t'apprécier toi-même. Parce que c'est toi-même, en réalité, qui ne peux pas te blairer.

Chapitre 2

– Nous y voilà.
Je haussai les épaules. Nous *y* étions, peut-être, mais où ? Tout ce que voyais, devant nous, c'était ce chemin forestier qui se réduisait désormais à deux vagues ornières parallèles. Recouvertes d'aiguilles de pin. Deux traces sombres qui se perdaient entre les arbres, et semblaient ne mener nulle part.
A l'horizon, pas un chat.
Mon père surprit mon léger frisson.
– Eh, ne t'affole pas comme ça. Je ne vais pas te livrer aux lions. Un peu de cran, pour une fois, bon sang !
– Je veux retourner à la maison.

– A la maison? A la maison, Collin, tu y as séjourné longtemps, Dieu le sait. Toute ta vie, hormis le semestre passé à Kent. T'es-tu jamais penché pour arracher une mauvaise herbe, pour laver une assiette, m'as-tu jamais aidé à mettre de l'ordre dans le garage, un samedi? Jamais, ou pratiquement jamais, sauf en ces occasions rares où je t'ai menacé de te consigner dans ta chambre – ta chambre que d'ailleurs tu transformais en porcherie.
– Mais je me plais, à la maison. Je t'assure.
– Tu la retrouveras – d'ici un an, peut-être. Descends de cette voiture, je te prie.

Chacun sortit de son côté.
– Mais qu'est-ce que c'est que cet endroit? Un camp disciplinaire dont tu as trouvé l'adresse dans le *Times*?
– Tu verras bien. (Il ouvrait le coffre.) Tiens, prends ton matériel. Nous faisons le reste à pied.

Mes bagages étaient constitués de deux valises et d'un sac de couchage, sans compter, sur une suggestion de ma mère, un petit carton de livres. Des livres que, pour la plupart, je ne m'étais jamais donné la peine d'ouvrir.
– Tu ne m'aides pas un peu?
– Ma foi non.
– Ça pèse au moins une tonne, tout ce barda.
Il se tourna vers moi, impavide :
– Excellent.

Chargé comme un bourricot, je lui emboîtai le pas sur le chemin qui s'enfonçait entre les arbres. A partir de là, il n'avait plus rien de carrossable, à moins de disposer d'un véhicule tous terrains. Au creux des deux ornières jaillissaient du sol dur des milliers de pierres et de pierrailles, dont certaines devaient être plus grosses que des tortues centenaires.
– C'est encore loin?
– Avance donc. On y est presque.

Presque *où*? J'avais déjà le souffle court, et les bras me faisaient mal. Le souvenir me revint soudain de mon arrivée à Kent, en compagnie de mes parents. Pour mon installation dans ma chambre de pensionnaire, ils m'avaient prêté main-forte. Maman avait même garni de papier blanc les tiroirs de la commode, et c'était elle qui avait rangé mes chaussettes et mes sous-vêtements. Ensuite, elle avait fait mon lit.

Le type qui partageait ma chambre – un dénommé Josh Witten – avait assisté sans piper mot à toute l'opération. Mais une fois mes parents partis – sur une dernière grosse bise d'adieux – il avait laissé tomber:
– Ben toi alors, tu promets: tu parles d'un chouchou à sa môman! T'es en sucre filé ou quoi?

Rien d'étonnant, me disais-je à présent, tout en trébuchant derrière mon père, si j'avais détesté Kent d'emblée. Partager sa chambre avec une

espèce de petit mec comme Witten, qui se prenait pour un nouveau Bruce Jenner*!
— 'Ttends-moi, P'pa, s'te plaît...

Mais il allongeait la jambe, sans plus se soucier de moi. Je fis halte une seconde, le temps d'intervertir mes deux valises; la noire tirait sur le bras plus encore que la marron. Mais ce fut peine perdue. J'avais mal aux deux mains.

Je l'entendis me lancer, sans même se retourner :
— Allons!

Soudain, au détour du chemin, surgit ce qui devait être notre destination. Du diable si je m'attendais à ça. Sordide. Le trou. Le piège à rats. Une vieille cabane croulante, dans une clairière, au milieu des pins. Et rien d'autre, rien de rien.

Allait-il m'abandonner là — tout seul? A la trappe?

D'y penser seulement, j'en avais les yeux qui brûlaient. Mais il n'était pas question de cligner des paupières, ni de laisser voir ma détresse : s'il allait se retourner, justement? *Chouchou en sucre filé!* Oh, retourner à Kent et flanquer une râclée à ce crétin de Witten! Même si, je ne le savais que trop, il était de taille à m'envoyer valser d'abord.

---

* Bruce Jenner : athlète américain, recordman du monde du décathlon en 1975.

– C'est ici?

Mon père hocha la tête.

– Oui.

– C'est là-dedans que je vais loger?

– Pour un temps.

– Tout seul?

– Non. Tu vas bientôt rencontrer le patron.

Le patron? Le mot rendait un curieux son à mes oreilles. De plus, j'avais la conviction que nous étions seuls, ici. Rien que Papa et moi, et cette masure abandonnée.

– Ohé? lança mon père.

Un aboiement de chien répondit. Il ne provenait pas de la cabane, mais des profondeurs des bois, derrière nous. Sur ce fond de jappements, il me sembla percevoir une voix d'homme, qui sommait le chien de se calmer.

Je me retournai.

Un homme s'avançait vers nous. Un vieil homme.

– 'Jour la compagnie, 'mment va? mâchonna-t-il à notre adresse.

Il avait les jambes arquées, comme s'il chevauchait quelque monture invisible. Les nippes qui pendouillaient sur sa vieille carcasse semblaient d'une seule et même couleur, la couleur de la terre. Son chien lui-même était couleur de terre, entre le gris, le brun et l'ocre, comme si la bête et son maître avaient été pétris de la même argile, et revêtus de la même bourre.

- Bonjour, monsieur Kirk, comment allez-vous ? le salua mon père.
- On fait aller. Je vois que vous vous êtes décidé.

Les deux hommes échangèrent une poignée de main tandis que je les regardais faire, figé sur place, sans même songer à me décharger de mon barda. Pour finir, sans hâte, je déposai au sol valises, carton, sac de couchage. Je n'avais plus qu'une idée : fuir.
- Monsieur Kirk, j'ai le plaisir de vous présenter mon fils, Collin.

Je ne savais pas au juste que faire, ni comment le faire. Le vieil homme et son chien m'observaient en silence, attendant manifestement de me voir faire le premier pas. Le chien paraissait m'étudier, sans gronder ni remuer la queue. Il m'examinait intensément, avec un étrange regard, des yeux qui avaient l'air d'en savoir long – tout particulièrement sur mon compte. Comme s'il savait déjà qui j'étais, pourquoi j'étais là, et des tas d'autres choses encore que j'ignorais moi-même.

Gauchement, je fis un pas en avant et tendis la main au vieil homme.

La main qui saisit la mienne était autrement plus ferme que je ne m'y étais attendu. C'était un peu comme de serrer la patte à un lion, j'imagine.

Le regard du vieil homme venait de plonger

dans le mien, comme s'il cherchait à déceler si j'étais bien le fils d'Anthony Pepper. Tout en serrant ma main, il lui imprima une secousse, une seule. Lorsqu'il la relâcha, j'avais presque envie de la laver. Et pourtant le vieil homme n'avait pas l'air sale, et ne sentait pas le sale non plus.
– Alors comme ça, monsieur Pepper, c'est votre fils.
– Eh oui.
– Parfait. Et moi, je vous présente Tool. N'essaie pas de la caresser, mon garçon, pas encore. Elle est un peu méfiante, quand elle ne connaît pas.

Mais je n'avais nullement l'intention de caresser Tool. Ni sur-le-champ, ni jamais.
– Là, oui, flaire-le. Flaire-le, ma belle.

Tool s'approcha de moi, et je m'immobilisai. Ce n'était certes pas un molosse, mais elle n'avait pas l'air commode – le genre efflanqué, tout en pattes. On pouvait lui compter les côtes. Je vis saillir les muscles de sa gueule tandis qu'elle me humait, lentement, méthodiquement. Après avoir exploré le bas de mes pantalons, mes chevilles, mes chaussures, elle remonta doucement vers ma main – que je ne pus me retenir de lever, pour la mettre hors de portée de ce museau inquisiteur.
– N'aie pas peur, mon garçon. Laisse-la venir à toi et sentir tout ce qu'il y a à sentir. Laisse aller ta main comme si de rien n'était.

Je fermai les yeux un instant, le temps de laisser la chienne lire sur mes vêtements et mes mains tout ce qui l'intéressait.
- Suffit, maintenant. Au pied!

Immédiatement, docile, la chienne revint se poster à côté de son maître. Elle s'assit sur son derrière, et continua de m'étudier. Je n'aurais certes pas osé chercher noise à M. Kirk : quiconque s'y serait amusé eût risqué, à n'en pas douter, de se faire sauter à la gorge sans autre forme de procès.
- Mangeriez bien un morceau, vous autres?

Papa se tourna vers moi en souriant :
- A ton avis, Collin?
- Euh... oui, monsieur, dis-je en regardant M. Kirk. Ce ne serait pas de refus.

Quelque chose me disait que c'était la réponse attendue, bien que l'idée d'absorber une quelconque tambouille préparée dans cette cabane ne me mît guère en appétit. Quelques heures plus tôt, nous avions fait halte, mon père et moi, dans un restaurant d'autoroute du Nord-Connecticut, où nous nous étions lestés d'un solide petit déjeuner. Les saucisses, à présent, m'en remontaient dans la bouche.
- Eh bien, entrez donc.

Tool s'assit sur le pas de la porte et nous regarda tous les trois pénétrer à la queue leu leu dans la minuscule cabane. Il n'y avait là qu'un lit rudimentaire, recouvert d'une couverture d'un vert olive fané, marquée « U.S. Army ». Pas d'oreiller. Une seule chaise, et un fauteuil à bascule, noir, aux bras élimés. Je remarquai tout de suite l'énorme poêle noir, à peu près aussi gros qu'un cheval, et sur le flanc duquel était inscrit, en grosses lettres en relief : « ACME AMERICAN ».

– Asseyez-vous.

Papa prit le fauteuil à bascule, et je m'assis tout au bout du lit. Les ressorts protestèrent d'un gémissement plaintif.

– J'ai du ragoût, nous informa M. Kirk. Le temps de le réchauffer, et nous passons à table.

– Ça n'a pas changé, chez vous, fit observer mon père.

Nul besoin d'être grand clerc pour deviner qu'il était déjà venu ici. Mais quand ? Je mijotais de le demander lorsque mon père, de lui-même, répondit à la question.

– Tu n'étais pas encore né, Collin, lorsque j'ai fait la connaissance de M. Kirk. C'était même des années avant ta naissance. J'étais venu ici avec des amis, en mai. Pour la saison de la truite.

– Pas mal, dis-je.

C'était plutôt niais comme commentaire, mais je ne voyais vraiment pas que dire d'autre. Et je n'allais pas me casser la tête pour ça.

– Il nous servait de guide, vois-tu... Et voilà, au fil des saisons, nous sommes devenus des amis.

– Ah ! bon.

– Et aujourd'hui, aujourd'hui que j'ai sur les bras le gros problème que tu sais, je crois bien, sincèrement, que le meilleur ami qui puisse me venir en aide est ce bon vieux Whishbone Kirk.

Chapitre 3

– Bonne chance, Collin.
Nous n'avions guère passé plus d'une heure à la cabane que mon père, déjà, annonçait son départ. Je reçus cette information sans réaction aucune. J'étais comme en état de choc. Rien ne semblait m'atteindre. Rien n'avait d'importance. J'étais sous anesthésie.
– Je te laisse faire connaissance avec M. Kirk, seul à seul. De cette manière, tu pourras te faire une opinion sur le genre d'homme auquel tu as affaire, et peut-être aussi, par la même occasion, découvrir quel genre de garçon tu es.
Nous étions seuls tous deux, à côté de la voiture. Le vieil homme et son chien étaient restés à la cabane.

– Je déteste ce trou puant.
– Maintenant, oui. Mais tu changeras peut-être d'avis.
– Jamais. Tu ne peux pas m'obliger à rester ici.
– Non, c'est vrai. Je ne le peux pas. J'ai fait tout ce que je pouvais faire pour toi, aujourd'hui, Collin. A partir de maintenant, ta vie, et ce que tu veux en faire, tout cela est entre tes mains. Je te laisse décider de toi-même si M. Kirk est un homme qui vaut d'être connu.
– Ce que tu cherches à obtenir, c'est son opinion sur moi, n'est-ce pas?
– Non. C'est bizarre peut-être, mais non. Ce qui compte n'est pas l'opinion que vous aurez l'un de l'autre, mais l'opinion que tu te feras de toi.
– Je ne resterai pas. Je me ferai la paire.
– Libre à toi. L'endroit n'est pas clos.

Il me tendit une main, que je fis semblant de ne pas voir. Au contraire, je me détournai, et remontai résolument le long du chemin creux. Je ne m'arrêtai que lorsque j'entendis démarrer la Lincoln. J'écoutai s'éloigner lentement le ronron régulier du moteur, qui finit par mourir au loin et se fondre dans le silence. Alors je m'appuyai contre un tronc, je fermai mes paupières cuisantes et, de mes doigts gelés, j'arrachai quelques lambeaux d'écorce rude. Seigneur, que je détestais mon père!

J'avais froid. Avril, disait-on, c'était la douceur du printemps. Mais on n'était qu'au début d'avril, un début d'avril dans le Vermont. Partout, dans le sous-bois, s'étalaient des nappes de neige ancienne. Ailleurs, le sol nu était dur aux pieds, dur et hostile.

J'étais bien résolu à ne pas pleurer. Je me disais : « C'est simplement pour ne pas jouer les chouchous en sucre filé – et pas du tout parce que je me soucie de ce qu'en penserait ce pauvre Kirk. Ce qu'il pense, d'ailleurs, ce vieux hibou, je m'en soucie comme d'une cerise. Si ça se trouve, il ne pense même pas du tout. A-t-on besoin de penser, au fond des bois, sur la montagne ? Il n'y a rien à penser du tout... »

J'entendis Tool aboyer.

Je rouvris les yeux. Elle était là, un peu plus haut, dans le chemin creux. Elle trottinait dans ma direction. Elle me croisa, l'air décidé, puis brusquement décrivit une boucle et revint droit sur moi. Par deux aboiements bien sentis, elle me fit comprendre ce qu'elle attendait de moi : je devais me remettre en route, et dans une direction bien précise – vers l'amont du sentier, tout droit vers la cabane.

Allais-je prendre mes ordres d'un chien ? En réponse à cette question, elle gronda doucement, détachant de moi son regard pour m'indiquer le sentier. Sacrée chienne, elle n'était pas sotte. Et je n'avais pas intérêt à la contrarier. D'un grondement plus appuyé, elle m'avertit qu'elle ne plaisantait pas. Alors, je me mis en route, sans

hâte ni mouvement brusque, la bête sur mes talons. A quelques pas de la cabane, le vieil homme nous attendait.
– J'ai envoyé Tool te chercher.
– J'ai vu.
– Souviens-toi : tu ne dois pas faire le geste de la toucher, pas plus que de la caresser. Et n'élève pas la voix non plus quand elle est dans le secteur. Compris?
– Compris.
– Parfait.

Le vieil homme s'assit sur un tronc d'arbre qui devait lui tenir lieu de banc, et leva les yeux vers moi. Il avait les yeux d'un bleu extraordinairement bleu et limpide. A vous donner l'impression qu'il pouvait voir ce qui se cachait derrière un mur. D'une certaine façon, ce regard pénétrant évoquait l'intelligence – exactement comme celui de Tool.
– Alors comme ça, tu t'appelles Collin.
– Collin Richardson Pepper.
– Eh bien, moi, c'est Sabbat. Sabbat Kirk. Une idée de ma mère, je suppose. *Sabbat* signifie samedi, et *Kirk* église. Sabbat Kirk. Un nom qui n'a guère servi.
– Et pourquoi?
– Assieds-toi donc, je vais te raconter ça.

Je m'installai à califourchon sur l'autre extrémité du tronc d'arbre.
– Tu comprends, à cause de mes jambes arquées,

les gens se sont mis à m'appeler Wishbone*. Pas beaucoup mieux que Sabbat, si tu veux mon avis.
– Je vois.

Je n'allais sûrement pas lui faire la faveur d'un sourire, ni m'intéresser à des histoires stupides.

Je le vis farfouiller dans la poche de sa veste et en extraire une pipe. Elle était jaune et d'une drôle de forme, qui rappelait un peu un épi de maïs. Il ouvrit un paquet de tabac, bourra sa pipe et l'alluma en tirant dessus cinq ou six fois.
– Fumes-tu?

J'avais vaguement tâté des cigarettes mentholées et fumé (une fois) un cigare, sans parler d'une cigarette de marijuana qui m'avait rendu malade et desséché pour quelque temps la bouche et l'arrière-gorge. Fumer était une perte de temps et d'argent.
– Non, dis-je, brûlant d'ajouter que ce n'étaient pas ses oignons.
– Parfait. Parce que, si les bois sont humides pour le moment, pas plus tard que le mois prochain ils seront secs comme de l'amadou.
– Ouais, m'étonne pas.

J'aurais peut-être dû en dire davantage, his-

---

* *Wishbone* (« os aux souhaits ») : petit os de poulet (en français, la « fourchette »), formé de deux arcs réunis, et auquel sont attachées certaines superstitions.

toire de l'impressionner, de lui rappeler que je n'étais pas un pedzouille, moi, mais bien un citadin, familier des grandes villes, et qui en savait un bout...
- Et voilà. Nous voilà tout seuls, tous les deux. Toi et moi. Tu crois qu'on va pouvoir faire aller, ou pas?
- Je m'en moque.
- C'est qu'ici, dans ces hauteurs, la civilisation – comme on dit – ce n'est pas la porte à côté. Y a vraiment rien que nous. Nous deux et Tool. Vaudrait mieux qu'on arrive à s'entendre.
- Semblerait.
- Tu n'es pas du genre bavard, en tout cas. Bon. Y a pas une question, ou deux, que tu aurais envie de poser?
- Si.
- Alors, vas-y.
- Est-ce que mon père vous paie, pour que vous me gardiez ici? Si c'est le cas, j'ai besoin de le savoir, vu que c'est l'argent de la famille. Et combien?

Le vieil homme me jeta un regard de côté, le visage plissé, perplexe. Avant de répondre, il allongea le bras pour caresser la tête de Tool.
- Non, il ne me paie pas. Pas un rond.
- Comment ça se fait?
- Il me l'a proposé, mais je n'ai pas accepté. Pas un penny. Pour dire la vérité, c'est moi qui ai l'intention de te payer.

- De me payer? Moi?
- Oui.
- Mais de me payer pour quoi?
- Contre ton travail. Six jours de dur labeur par semaine. Six jours sur sept. Le dimanche, nous nous reposons, Tool et moi. Tout comme le Seigneur.
- Mais il faut que je sache pour quel genre de travail, et à quel tarif. Peut-être que c'est un travail que je ne saurai pas faire.
- Peut-être, et peut-être pas. Tu serais prêt à tenter l'affaire?

Je décidai que cette vieille relique mangée aux mites ne pouvait pas, de toute façon, avoir raison de moi. Et je n'avais pas un sou vaillant, qui plus est. Pourquoi ne pas réunir une petite somme qui me permettrait d'aller voir ailleurs?
- Dites toujours.
- A la bonne heure! C'est comme ça qu'il faut prendre les choses.

Décidément, cette vieille toupie serait sans doute plus facile à berner que je ne l'avais cru dès l'abord. D'autant plus facile que, de toute évidence, il aimait bien mon père, le pauvre bougre. Or j'étais le fils de mon père. Et les gens sont toujours prêts à croire ce qui leur fait plaisir de croire. Je souris. Je l'amènerais à manger dans ma main, c'était couru d'avance. Et si jamais les besognes demandées se révélaient trop dures pour moi, je n'aurais qu'à me faire porter

malade. Faire semblant d'avoir la fièvre, par exemple, en plongeant mes mains dans l'eau chaude un certain temps. C'était un truc qui avait fait marcher ma mère plus de quatre fois, le coup des mains plongées dans l'eau chaude! Or elle était sûrement plus futée que ce vieux rustre.
– Entendu, donc, pour recevoir une paie.
– Attention, non : pour *gagner* une paie.
– Combien?
– Un dollar par mois. Si ton travail le mérite.
Je souris pour lui faire croire que je plaisantais, avant d'ajouter :
– Et si je ne fiche rien ?
– Dans ce cas, pas de paie.
– Normal.
– Et rien à croûter.

Chapitre 4

– On y va.
Je ne compris pas immédiatement ce qu'il voulait dire. Je le vis se lever résolument, évacuer d'un coup sec les cendres noires et grises de sa pipe, et fourrer cette dernière dans sa veste.
– Au boulot, c'est l'heure.
Je poussai un soupir – grave erreur, car ce soupir ne lui échappa pas, et il me décocha un regard de biais. Je me demandai tout à coup ce que mon père lui avait dit sur moi, et dans quelle mesure il avait insisté sur ma paresse légendaire. D'un autre côté, quelque chose me disait que le vieux Kirk n'était pas homme à se contenter de l'opinion d'autrui, et qu'il préférait se faire la sienne par lui-même.
– Où allons-nous?

– A la chasse.
– Pour quoi faire ?
– Pour manger.

J'avais posé une question stupide ; peut-être sa réponse n'était-elle pas aussi délibérément coupante qu'il y paraissait ?

Il entra dans la cabane et en ressortit moins de trente secondes après, un fusil sous le bras. Tool eut tôt fait de repérer l'arme, et elle exécuta sur place trois ou quatre bonds, la queue en joie.

– Qu'est-ce que c'est, comme engin ?
– Un Purdey.
– Un fusil rayé ?
– Fusil de chasse non rayé. Calibre seize.
– Il est chargé ?
– Non.

Il mit la main à sa poche, et en tira une cartouche rouge à capsule dorée. Il ouvrit le fusil, le chargea, le referma d'un coup sec. Puis, avec le pouce, il débloqua de nouveau le mécanisme, rouvrit le fusil, en sortit la cartouche.

– Vu ?
– Je crois.
– Essaye voir.

Le fusil pesait lourd entre mes mains. Pourtant, après un bref cafouillis, je réussis à introduire la cartouche, puis à la dégager de nouveau. Et je voulus rendre le tout au vieil homme. C'était son fusil, pas le mien. Il refusa l'arme et ne prit que la cartouche.

– C'est toi qui le portes.
– D'accord.
– Quand tu te balades avec un fusil, qu'il soit chargé ou non, tu dois toujours avoir le canon dirigé vers le sol. Comme ça. Et ne marche jamais derrière quelqu'un quand tu portes une arme à feu.
– Et la chienne?
– Tool? La chasse, elle connaît. C'est moi qu'elle suivra, pas toi. Je vais marcher derrière toi, elle restera sur mes talons. Ce n'est pas à elle qu'il faut apprendre à chasser, va. Si nous savons regarder et écouter, c'est elle qui nous dira ce qu'il faut savoir.
– De quel côté allons-nous?
– Par là. Vers le nord. Du côté du lac.

Je m'attendais à découvrir plusieurs sentiers, rayonnant à partir de la cabane. Apparemment, il n'y en avait pas un. Il ne semblait y avoir aucune indication de l'itinéraire à suivre.
– Il n'y a pas de sentier.
– Non.
– Comment ça se fait?
– Tout simplement, quand je suis dans les bois, je n'emprunte jamais le même trajet pour revenir à la cabane. Nous ne risquons pas d'être découverts par grand monde, excepté par ceux qui tombent sur la clairière tout à fait par hasard.

Tiens donc! Se cachait-il du monde extérieur? Il ne semblait guère tenir à recevoir de la visite.

– Prends vers le nord.
– Oui, mais c'est où?
– Regarde le soleil. Et oriente-toi en conséquence.

Bien, j'allais essayer le truc. Je décidai d'avancer en m'efforçant d'avoir le soleil – du moins ce qu'en laissaient filtrer les arbres – toujours derrière mon épaule gauche. Mon compagnon me suivit sans mot dire, et j'en conclus que la direction devait être la bonne.

Le sous-bois dans lequel nous venions de pénétrer était clair, presque sans broussailles. Très haut, au-dessus de nos têtes, les pins bruissaient de toutes leurs aiguilles, et nous faisaient un baldaquin vert. Au sol, rien ne poussait, ou presque, et nos pieds foulaient sans bruit le tapis fauve des aiguilles de pin, moelleux et élastique.

– Eh là!

A ce cri, je me retournai d'un bloc. Le fusil pivota avec moi et s'en fut pointer en direction du ventre de mon compagnon. A peine avais-je eu le temps de me rendre compte de cette erreur qu'il s'était jeté de côté, qu'il empoignait le canon du fusil et le retournait vers moi d'un coup sec. Et vlan! en plein dans l'estomac!

Je laissai échapper un grognement de douleur.

– Jamais. Jamais ça, dit-il.

Et voilà. J'avais commis une ânerie. Je m'étais

retourné, étourdiment, pointant le canon de mon fusil vers celui qui me suivait.
– C'est *toi* qui dois te retourner, commenta-t-il. Pas ton fusil.
– Peut-être, mais merde, ça ne fait pas de bien! lançai-je en m'efforçant de foudroyer M. Kirk du regard.

Le ventre me cuisait, et je tenais à le lui faire savoir.
– Que préfères-tu, mon garçon? Recevoir un coup dans les boyaux, ou me faire sauter la cervelle?

Je ne répondis pas. L'un était moins irrémédiable que l'autre, à l'évidence, si bien que je ne trouvai pas de réplique bien sentie à lui envoyer en retour. N'empêche qu'il m'avait flanqué un coup plus dur qu'il n'était nécessaire. Le canon du fusil m'avait violemment heurté l'estomac, juste au-dessous de la cage thoracique, et mon amour-propre en avait pris un sale coup, aussi. Mais j'aurais ma revanche, parole.
– Le nord, grogna Kirk en pointant le menton.

Je ne dis rien et repris la marche, attentif une fois de plus à garder le soleil derrière mon épaule gauche. Satané vieux chameau. Mais peut-être allait-il me laisser, une fois encore, charger le fusil moi-même? Dans ce cas, il allait avoir droit à la frayeur de sa vie! Non, je ne le tuerais pas, je ne le blesserais même pas. Mais je presserais sur la détente, histoire de le manquer de quelques centimètres. Tout à fait par erreur, bien sûr. Ou bien je tirerais sur son idiot de clébard.

Oui, si ce Kirk se révélait teigneux, je lui montrerais à quel point Collin Pepper pouvait être mauvais, lui aussi. Remâchant ces pensées, je me radoucis peu à peu. Allons, peut-être allais-je passer l'éponge. Pour une fois. Pour cette seule fois.

— Eh, mon gars!

Je ne m'arrêtai pas, mais ralentis seulement le pas. Que voulait-il me dire, à présent? Sans doute encore un de ses ordres à la noix.

— Ecoute, si je t'ai fait mal, je le regrette. Mais c'est une règle à ne jamais oublier, tu comprends. Jamais. Tiens, prends donc ça.

Cette fois je fis halte, et je pris soin de ne faire pivoter que mon buste, tandis que le Purdey pointait obstinément vers l'avant. Kirk me tendait une petite feuille ovale, d'un vert brillant.

— Tiens, mâchonne donc ça.
— Qu'est-ce que c'est?

S'il avait l'intention de m'empoisonner, à présent, je n'allais certainement pas me laisser faire.

— De la baie-de-perdrix; du *wintergreen**, si tu préfères.

---

* *Wintergreen* : plante de la famille des éricacées (bruyères), originaire d'Amérique du Nord, dont on extrait l'huile.

Tout en parlant, il s'en fourrait lui-même une feuille dans la bouche et entreprenait de la mastiquer. Bien, je pouvais donc l'imiter. La feuille était un peu coriace sous la dent, mais sa sève dégageait un suc qui rappelait, en moins fort, certains bonbons ou dentifrices.
— Pas détestable. C'est du vrai *wintergreen*?
— Ouaip.
— Merci.
— Tu vas voir, ça va te calmer ce feu au ventre; et peut-être aussi le feu de ta colère.

Je cessai de mâchonner, furieux de l'avoir remercié. Tool vint se glisser, furtive, entre nous deux. Elle ne me quittait pas des yeux.
— La colère, poursuivait le vieil homme, ça ne sert absolument à rien. Par contre, une tête, c'est bien utile – à condition de la garder sur les épaules.

J'acquiesçai malgré moi.
— Bien. Et maintenant, à propos de tête, la tienne est-elle assez refroidie pour charger à nouveau le Purdey?
— Oui.

Il me tendit une cartouche rouge, que je mis en place dans le fusil.
— Mais il n'y a rien à tirer, ici.
— Tu vois cette souche, là?
— Où?
— Là. (Il pointait l'index en avant.) Il y a un petit

moignon de bois qui dépasse, vers le haut, sur la gauche. Fais-le sauter.

J'épaulai, fis le geste de viser – absolument comme si j'avais manipulé un fusil toute ma vie, comme si je savais ce que je faisais.
– Cramponne-le bien, mon gars. Appuie ta joue contre la crosse – voilà, plus fort. Il faut que le fusil et toi ne fassiez qu'un... Un seul bloc.
– Je sais.

Les yeux braqués sur ce moignon de bois, je fermai les paupières et pressai sur la détente. L'assourdissante détonation et le violent recul de l'arme me firent croire, une fraction de seconde, que je m'étais tiré dessus. Et cette odeur âcre, agressive! Quant au moignon de cette souche pourrie, il était toujours en place. Comment pouvais-je l'avoir manqué, d'aussi près, avec un fusil?
– Il faut *presser* sur la gâchette, commenta le vieux Kirk.
– C'est bien ce que j'ai fait.
– Non. Tu as donné un coup sec. Recharge ton engin. Et cette fois, presse sur la gâchette doucement, que le coup parte comme par surprise. Place-toi bien, prends ton temps pour viser – voilà, comme ça – et n'oublie pas: toujours presser sur la gâchette lentement, souplement, quand tu as affaire à une cible immobile.

Le fusil aboya de nouveau. Cette fois, j'avais

touché le moignon de la souche. Il se pulvérisa en un nuage d'éclats brun-rouge.
– Bigre!
– Pas mal. Peut-être qu'un jour on fera de toi un chasseur.
– Bof, facile. Un jeu d'enfant.
   Il me jeta un coup d'œil de côté.
– Tu as déjà tué un animal?
– Non.
– Eh bien, dis-toi que c'est autre chose. Les vieilles souches, ça ne saigne pas.

Chapitre 5

– Ha! ha!
Je m'immobilisai, me demandant ce qui venait d'intriguer le vieil homme.
– Entendu quelque chose? chuchotai-je par-dessus mon épaule.
– Non. Mais Tool a trouvé une piste.
La queue de Tool était en effervescence. Le nez au ras du sol, elle trottinait de l'avant, et mon compagnon me fit signe de la suivre. Puis il m'emboîta le pas.
– C'est une piste de quoi, à votre avis?
– Tu verras bien.
– Une piste de daim?
– Sûrement pas. Pas après le ramdam que nous venons de faire dans le coin. Il n'y a plus un seul

daim à des heures de marche à la ronde, tu peux me croire. Partis sans demander leur reste.
– D'accord, mais alors...
– De toute façon, dans ces cartouches, c'est de la grenaille que nous avons. Pour le daim, il faut de la chevrotine. Une seule balle, mais de gros plomb. Compris ?

J'acquiesçai.
– D'accord, mais justement, le petit gibier, ne l'avons-nous pas fait détaler lui aussi, avec mes tirs d'exercice ?
– Certaines bestioles, oui, mais pas toutes. Les bêtes n'ont pas toutes les mêmes réactions, tu sais. Il y en a qui ont de la mémoire, et d'autres qui oublient tout à la minute. Faisons confiance à Tool. On verra bien ce qu'elle va nous dénicher pour le souper.
– Qu'allons-nous faire ?
– Nous asseoir, pour commencer.

Chacun s'assit, le dos contre un pin, les genoux levés. Je pris soin de faire pointer le canon du fusil chargé dans la direction opposée à celle de son propriétaire.
– Quand le moment sera venu, mon gars, tâche de ne pas tirer sur la chienne.
– Je ferai attention. Je n'ai pas été un si mauvais tireur, tout à l'heure, il me semble. J'ai bien touché ce que j'étais censé toucher, non ?
– Ouais.

Un aboiement. A en juger d'après le son, la

chienne était assez loin de nous, à plus d'un bon kilomètre sans doute. Mais c'était difficile à dire, dans ces bois. Les bruits ne se transmettaient pas comme à Greenwich, Connecticut...

Je m'efforçais de ne pas trop songer à la maison, à Maman. Mais je devais sans cesse chasser de ma tête l'écho de certain bruit qui n'en finissait pas de mourir – celui de la voiture de mon père s'éloignant pour de bon le long de l'allée forestière. Il m'avait déposé là, seul, avec ce vieil homme. Et moi, dès le premier jour, j'avais failli tuer le bonhomme, par maladresse, sans l'avoir voulu. Puis j'avais rêvé de le faire, par colère, délibérément... Mais quel genre de gosse étais-je donc, pour finir ? Et si j'étais vraiment fou, au fond ?

Mes pensées se bousculaient, désordonnées. « Mâchonner des feuilles vertes, ça n'a rien de tellement folichon, me disais-je. Pour le vieux Kirk, c'est peut-être ce qu'il y a de plus excitant au monde – mais franchement, très peu pour moi ! Combien je parie qu'il n'est jamais allé nulle part, ce vieil ours ? Combien je parie qu'il n'a seulement jamais entendu parler de New York ? Il vit seul. Seul au fond des bois. Pas de femme. Peut-être qu'il est tout simplement maboul. Sinon, pourquoi se terrer comme ça, tout seul, au fond de ce trou perdu ? Finalement, il n'a que Tool.

« D'accord, nous, nous avons Winnie. Winnie

qui est censée être mon chien à moi, mais qui ne s'est jamais vraiment attachée à moi, quand j'y pense. Elle a toujours été plutôt le chien de Maman. Maman ne peut pas faire trois pas – et surtout pas se rendre à la cuisine – sans que Winnie lui déboule sur les talons.

« Winnie... Mais quelle idée, aussi, de lui donner ce nom – un nom de toutou de salon, de chien-chien à sa mémère. Enfin, peut-être ce nom convient-il à une pantouflarde comme elle? A peine si elle met le nez dehors. Elle ne se gêne pas, le cas échéant, pour faire ses besoins sur le tapis. Heureusement que pour nettoyer, Maman s'y entend. Elle ne se plairait sûrement pas ici, Winnie, tiens! Il y a gros à parier que Tool la regarderait du même œil que M. Kirk me regarde, moi. Pourtant, je ne risque pas de salir ses tapis. Il n'a que du plancher, et pas du plancher ciré, encore... »

Je relevai les yeux, regardai le vieux Kirk. Dormait-il? La tête appuyée contre l'écorce d'un grand pin, il avait fermé les yeux.
– Monsieur Kirk..., soufflai-je. Vous dormez?
– Non. J'écoute.
– Il n'y a rien à écouter.
– Essaye donc de le faire les yeux fermés.

Je fermai les yeux et prêtai l'oreille. Des oiseaux. Pas exactement tout près de nous, mais pas bien loin non plus : là-haut, au-dessus de nos

têtes. C'étaient comme des nuées de pépiements qui se répandaient partout.
– Qu'est-ce que c'est, ces oiseaux qu'on entend ?
– Des mésanges.
– Je n'en vois pas une seule.
– Normal. Mais elles, elles nous voient sûrement. Et nous entendent.
– De quelle couleur sont-elles ? Comme les moineaux ?
– Non. Les moineaux sont marron. La mésange est grise, avec du noir et du blanc.
– Ah ! C'est l'oiseau qu'on voit sur les cartes de vœux, à Noël ?
– P't-être bien. Je ne suis pas sûr. Je n'en ai à peu près jamais reçu, de cartes de vœux – sauf de ton père, bien sûr.
– Papa vous a envoyé une carte de vœux ?
– Il m'en envoie une tous les ans. C'est la seule que je reçoive.
– Et vous, vous lui en envoyez une ?
– Non.
– Comment recevez-vous votre courrier ?
– Au bourg.
– Quel bourg ? Il n'y a pas de bourg, ici.

L'idée d'une bourgade peut-être toute proche venait de me rendre espoir. Mes projets de fuite pourraient prendre figure, si je découvrais dans quelle direction aller...

Tool venait d'aboyer une seconde fois. Elle semblait plus proche de nous; sans doute revenait-elle? Un troisième aboiement me fit prêter l'oreille : sa tonalité différait fort des deux premiers. J'avais lu, dans une revue de chasse, que les aboiements de chien évoluent, au cours de la poursuite du gibier. Voilà qui devait expliquer pourquoi la chienne n'avait plus la même voix.

Je glissai mon pouce sur le cran de sûreté.
- Pas trop vite, mon gars. Du calme.
- Entendu.
- Tu vois cette trouée, entre les buissons?
- Oui.
- Bien. Garde-la à l'œil. La percée dans les broussailles. C'est là que tu dois viser. Mets-toi à plat ventre, et épaule.

Je fis ce qu'il me disait de faire.
- Voilà, parfait, chuchota-t-il. Et maintenant, fais sauter le cran de sûreté, pour être prêt à tirer.

Quelque part sur la droite, j'entrevis, l'espace d'une seconde, la chienne qui filait à travers les broussailles et les feuilles humides; puis je crus voir une forme sombre qui faisait voltiger la neige sous des pattes frénétiques – à peine un éclair, et puis plus rien.
- Tiens bon, garçon.
- Ça va, je tiens bon.
- Prends garde à ne pas...

Mais j'étais si tendu, si anxieux d'agir que je ne laissai pas M. Kirk terminer sa phrase. Ou du moins, s'il la termina, je n'en entendis pas un mot.

Je vis le lapin, c'est tout.

Il déboula, juste devant le chien, rebondissant comme un ressort sur le tapis de neige et de feuilles mortes. Il s'immobilisa brusquement, ne sachant plus quelle direction prendre. Il était droit dans ma ligne de mire. Je pressai sur la détente, et reçus comme un coup de poing le violent recul du fusil, doublé de la détonation.

Je vis le lapin tomber à la renverse, avec une sorte de ruade.

— Je l'ai eu! hurlai-je aussitôt de toutes mes forces.

Le fusil tremblait entre mes mains. Quant au petit nuage de fumée âcre, il ne m'incommodait pas, cette fois.

— Je l'ai eu, répétai-je.

M. Kirk laissa échapper un soupir.

Je me tournai. Il avait la bouche légèrement tordue, d'un air de commisération. Mais je ne m'arrêtai pas à ce détail. Lui déposant le fusil dans les mains, je me ruai vers mon gibier qui gisait là-bas, frémissant encore. Mais je n'eus pas le temps de le rejoindre que le chien, brusquement, sugit.

Et ce chien, ce n'était pas Tool.

Je restai médusé, la bouche entrouverte. Mon regard allait du lapin au chien, et du chien au lapin. Le chien avait le pelage anthracite, plus sombre que celui de Tool, et il était nettement plus gros qu'elle. Mais le plus impressionnant n'était pas sa taille respectable, mais bien son air de vouloir en découdre : les babines retroussées, la gueule froncée, il grondait à mon intention à travers ses crocs luisants.

Derrière lui, des pas s'approchaient.

Bientôt un homme de haute stature surgit à son tour derrière l'animal en arrêt. Le canon de son fusil, braqué vers l'avant, pointait droit sur ma poitrine, et ses doigts caressaient la détente. Une barbe en broussaille lui mangeait la moitié de la figure, noire de poil à peu près partout, exception faite d'une traînée blanche qui ressemblait à une cicatrice. Un chapeau mou à larges bords, noir lui aussi, lui couvrait le crâne. Mais à vrai dire, sur le moment, je n'avais guère d'yeux que pour un seul détail du tableau : le trou sombre du canon de son fusil dardé sur moi.

L'homme au chien noir soufflait comme un phoque. Pour commencer, il ne dit pas un mot. Il contempla le lapin, puis reporta ses yeux sur moi. Deux yeux qui semblaient seuls en vie dans ce visage de revenant.

– D'où que tu sors, toi ?

Il avait la voix caverneuse, plus semblable au feulement d'une créature de la forêt qu'à la voix d'un être humain. On aurait pu croire un ours, un ours habillé et muni d'un fusil.

Je restai bouche bée, incapable d'articuler une seule parole.

D'autres pas me rejoignirent enfin. C'était le vieux Kirk, qui s'approchait des lieux du drame, du plus vite que le lui permettaient ses pauvres jambes. Tool trottait sur ses talons. Le chien noir la repéra aussitôt et se mit à gronder à mi-voix, tandis que son échine se hérissait d'une crête de poils dressés. Tool ne parut pas s'en inquiéter outre mesure. Elle orienta ses oreilles lorsque son maître prit la parole, d'une voix égale :

– C'est de ma faute, Loomis. Le garçon est avec moi.

– C'était mon chien.

– Exact. Et le gibier te revient.

Je me rapprochai de M. Kirk.

– Mais c'est moi qui l'ai tué! Il est à moi, ce lapin.

L'autre prit un air menaçant, et dit simplement, de sa voix sépulcrale :

– Tu ferais bien de lui expliquer...

– C'est ce que je vais faire, Loomis, parole.

Alors, le dénommé Loomis, abaissant son fusil, tira sur le lapin inerte, à bout portant, le pulvérisant d'un seul coup en un nuage de sang et de poil, si bien qu'il n'en resta plus rien, rien qu'un peu de boue poisseuse et sombre. C'était comme un tour d'illusionniste. Mon lapin, mon premier lapin, s'était volatilisé. J'en eus le cœur levé, les jambes molles.

Derrière la fumée qui se dissipait sans hâte, je vis le géant sombre se fondre à nouveau dans la broussaille. Et le chien noir, la tête haute, disparut à son tour.

Tool salua leur départ d'un grondement de haine.

Chapitre 6

– Des haricots?
Le vieil homme eut un petit ricanement sarcastique.
– Y a pas autre chose. Faut faire avec – et c'est toujours mieux que de devoir faire sans.
– Mais je ne me plains pas. J'ai faim, c'est tout.
– Alors, baisse la tête.
J'inclinai le front et le vieux Kirk, à sa manière, dit le bénédicité.
– Pour ce repas, Seigneur, et pour ta bonté, nous te remercions. Et nous ne te demandons rien d'autre que le pardon de nos péchés. Veuille bénir notre table, et aussi tes serviteurs. Amen.
– Amen, répétai-je machinalement.
– Quand même dommage qu'on n'ait pas de lapin, enchaîna-t-il. Il n'y a rien qui aille si bien

ensemble : une bonne platée de haricots avec une fricassée de lapin.

Je chargeai ma fourchette d'une généreuse cargaison de haricots brûlants et les enfournai, de bon cœur, dans ma bouche. Ils étaient fameux, ma foi. Aussi répétai-je l'opération, gaillardement, deux nouvelles fois, avant de songer à prendre la parole, attentif seulement au jus de haricots qui dégoulinait lentement le long des dents de ma fourchette.

– Il était à nous, ce lapin, dis-je enfin. Et pas à *lui*.

– Dépend du point de vue d'où on se place.

– N'empêche que c'était moi qui l'avais tiré.

– Ouais.

– Alors, en bonne justice, il devrait être sur notre table. Et non pas bêtement réduit en bouillie.

M. Kirk prit tout son temps pour mastiquer sa bouchée, et l'avaler posément.

– Il y a une chose qu'il faut que tu saches, Collin, dit-il lentement. On ne tire jamais sur du gibier qui a été levé par le chien d'un autre. Jamais : ça ne se fait pas.

– Mais enfin, quand même, il ne lui appartenait pas, ce lapin!

– Il appartenait à son chien. Ce que tu as fait là, tu vois, c'est prendre la nourriture d'un autre. Ici, à la montagne, ça revient à commettre un vol.

– Un vol?

– Tu n'avais pas l'intention de le voler, ce gibier,

bien sûr. Et à mon avis, la plupart du temps, ce qui compte le plus, c'est l'intention... N'empêche. Si je n'avais pas été là au moment où tu t'apprêtais à mettre la main dessus...

Il laissa sa phrase en suspens. Au lieu de la compléter, il se remplit la bouche d'une copieuse ration de haricots. L'image de l'homme au fusil braqué me revint brutalement, et je frissonnai malgré moi.

– Au fait, c'était qui, ce bonhomme?
– Un dénommé Broom, Loomis Broom.

Je répétai ce nom en silence. Loomis Broom. Il était toujours là, planté devant moi, et j'en avais décidément froid dans le dos.

– Il n'avait pas l'air aimable, c'est le moins qu'on puisse dire.
– Lui? Jamais. Tout ce qu'ils veulent, ces Broom – tous autant qu'ils sont –, c'est qu'on leur fiche la paix. Ils ne touchent pas à ce qui me revient, d'ordinaire, et moi je ne touche pas à ce qui leur revient. Du moins jusqu'au jour d'aujourd'hui. Et cette affaire pourrait bien nous amener du malheur, mon pauvre gars.
– Où habitent-ils, ces gens?
– Oh, nulle part et partout. Dans les hauteurs, pour la plupart. Il y en a tout un clan par ici, vers le nord. Et encore un peu plus vers l'ouest. Ils se reproduisent comme des pucerons en été.
– Mais il était sur vos terres.
– Non. Je ne peux même pas dire ça.

- Quelle surface possédez-vous, à peu près, ici?
- Moi? Rien du tout.
- Comment? Absolument rien?
- Pas un centiare. Je suis ce qu'on appelle un *squatter*.
- Ah oui, j'ai rencontré ce mot-là dans mon livre d'histoire.
- Ah bon?
- Oui, je ne sais pas, je crois qu'il y était question des droits des squatters ou quelque chose comme ça. Ce n'était pas très important.
- Les squatters n'ont jamais eu beaucoup d'importance.

Il soufflait sur ses haricots.
- Bof, moi non plus, je n'ai pas beaucoup d'importance, je crois.

Il leva sur moi un regard scrutateur, à travers la vapeur de ses haricots.
- Bien sûr que si, tu as de l'importance. Chaque être humain a de l'importance. Et même chaque être vivant. Chaque arbre. Chaque bestiole. Tool a de l'importance.
- Nous avons une chienne, aussi, à la maison. Elle s'appelle Winnie. C'est un caniche. Elle a un pedigree. Et Tool, qu'est-ce c'est, comme race?
- Un chien. Mais elle est à moi et je suis à elle.
- Un chien qui ne m'inspire pas confiance, en tout cas, c'est celui de Broom. Le maître non

plus, d'ailleurs. Beuh! Je n'aimerais pas le rencontrer seul au coin d'un bois...
— Tu ne le connais pas. Change donc de sujet. J'aime autant parler d'autre chose que d'un Broom à mon souper.
— Ces haricots sont un régal.
— Il y en a d'autres dans la casserole sur le coin du poêle. Va donc t'en servir une seconde tournée.

A la maison, depuis ma plus tendre enfance, c'était toujours ma mère que j'avais vue bondir de sa chaise pour regagner la cuisinière et remplir à nouveau nos assiettes. Ou pour servir le café à mon père. Là, debout devant le grand poêle, à manipuler la louche, je me pris à me demander si elle savait où j'étais, si elle se tourmentait pour moi. Je n'avais pas l'intention, en tout cas, de rester longtemps ici à me nourrir de haricots.

M. Kirk suivit des yeux mon assiette copieusement regarnie.
— Tu as intérêt à avaler tout ça. Jusqu'au dernier haricot. Compris?
— Oui.
— Tu vas prendre au moins un kilo en moins de trois jours.
— Ce ne serait pas un mal. Paraît que je suis maigre.
— Tu n'es pas le seul. Le contraire serait difficile, par ici. De toute manière, les gens des plaines,

pour la plupart, ont tendance à manger beaucoup trop.

Ma fourchette en resta en l'air.

– Comme moi, par exemple?

– Mais non. Grands dieux, non! Mange tout ton content! Moi, je ne grandis plus, Dieu sait. Toi, tu as encore des centimètres à prendre. A l'automne, on tuera le cochon; ça nous fera du porc tout l'hiver à mettre dans nos haricots.

– Quel cochon? Vous avez un cochon?

– Non, mais je vais en avoir un. Comme tous les printemps.

– Comment se fait-il que vous n'ayez pas de vache?

– Pas besoin de vache. Je ne bois pas de lait, et je n'ai jamais été porté sur la viande de bœuf. Y a pas un bifteck au monde qui puisse égaler un bon plat de venaison. Parle-moi d'un bon petit daguet, ou d'un seconde-tête. Pas d'un dix-cors. Trop résistant pour de vieilles dents.

Je ne comprenais plus du tout de quoi il parlait, et me risquai à le lui dire. Il m'expliqua qu'un daguet est un jeune daim dans sa deuxième année (dont les *dagues* commencent à pousser), et un seconde-tête un daim de trois ou quatre ans.

– La venaison, c'est la chair du grand gibier. Et c'est autre chose que du bœuf, tu peux me croire. Ça se conserve beaucoup plus longtemps aussi.

Je balayai du regard l'intérieur de la petite

cabane. Pas de réfrigérateur. Rien d'électrique, d'ailleurs.
– Vous n'avez pas de frigo.
– Pas besoin.
– Mais la nourriture risque de se gâter...
– Ça ne s'est pratiquement jamais produit jusqu'ici. Quelquefois, elle prend de l'odeur. Dans ce cas, j'ai un truc, pour la tester.
– Au goût?
– Non. Au nez de ma chienne. Si jamais la viande a tourné, elle n'y touche pas. Elle détourne le museau et file en douce, la queue basse. Je n'ai plus qu'à jeter la barbaque aux rats. En réalité, bien souvent, une bonne cuisson suffit pour récupérer une viande un peu avancée – à condition bien sûr qu'elle soit seulement faisandée, pas en état de décomposition... Moi qui te parle, tu peux me croire, j'ai déjà absorbé plus de quatre fois du lapin diablement avancé. Tellement mûr que le poil lui en tombait...

Je m'arrêtai de mastiquer.
– Fais pas l'idiot. Les haricots, ça se garde indéfiniment.
– Vrai?
– Sûr. Tout ce qui est sec se garde. Du gibier qu'on fait sécher à la fumée peut se garder tout un été. Viande fumée, ripaille assurée, comme on dit.

Je nettoyai donc mon assiette. Il me regarda faire et je crus le voir sourire.

– Alors, on se sent mieux?
– Plutôt.
– Ma vieille maman nous a tous élevés aux haricots. Aux haricots et à la poitrine.
– La poitrine, qu'est-ce que c'est?
– Poitrine de porc. Le ventre du porc, vers la cuisse. En période d'abondance, on cuisinait toujours les haricots avec du porc dedans. Et quand les temps étaient durs, ma foi, c'étaient les haricots sans rien dedans... Ma mère savait cuisiner la tête de cochon, bon sang, que c'en était divin! Tu n'en as pas idée.

Il me semblait sentir remuer, au fin fond de mon estomac, chaque haricot absorbé. Je demandai, pour changer de sujet :
– Et Tool? Qu'est-ce qu'elle mange?
– Des déchets. Des restes. Elle nous fait la gueule, aujourd'hui.
– Pourquoi?
– Elle sait très bien qu'un lapin a été tué, et elle comptait en avoir sa part.
– Et c'est pour ça qu'elle a l'air de bouder, dehors, à la porte?
– Eh oui, c'est pour ça. Note qu'elle s'est bien rendu compte, quand j'ai fait cuire les haricots, qu'il n'y avait pas de viande avec. (Il éleva les mains, comme pour repousser une objection.) Ne me demande pas comment elle le savait. Rien qu'à l'odeur, probable. Et elle fait la tête, maintenant, pour bien nous faire savoir qu'elle nous

considère comme de piètres chasseurs, toi et moi.
— Elle n'aura rien à manger?
— Eh non, pas ce soir. Mais ne t'en fais donc pas. Quand elle aura bien faim, elle ira s'attraper une gélinotte ou qué'que chose, dans les fourrés. Elle recrache les plumes, mange la chair crue, croque les os.
— C'est un sacré chien.
— Pour ça, oui. Et une grande dame, aussi. Je ne suis pourtant pas aux petits soins pour elle, pas la moitié de ce qu'elle se fait de souci pour moi.
— Le souper est fini?
Un bref reniflement de mépris.
— Sûr qu'il est fini, et bien fini! Tu t'es enfilé deux grandes platées de haricots contre une seule pour moi. Que diantre voudrais-tu de plus?
— Je ne sais pas. Un dessert.
Il prit un air offensé:
— N'y compte pas.

Chapitre 7

– Lavage ou nettoyage?
– Comment ça?
M.Kirk soupira.
– Je veux dire : que préfères-tu, laver la vaisselle ou nettoyer le fusil? Au choix.

A la vérité, je n'avais envie de faire ni l'un ni l'autre. Mon seul et unique désir, en cette minute, eût été de me vautrer sur un canapé rembourré, et de regarder béatement la télé. Mais comme la cabane n'offrait aucune de ces commodités élémentaires, j'informai le vieil homme que j'allais me charger de la vaisselle et qu'ensuite, s'il n'en avait pas terminé, je l'aiderais à nettoyer le Purdey.

Laver la vaisselle ne me prit guère de temps. Deux assiettes, une grande cuiller, deux fourchet-

tes et la casserole des haricots – vide. Il y avait même de l'eau chaude – je fus prié de ne pas la gaspiller – dans la grosse bouilloire qui séjournait à demeure sur le poêle; et du savon, qui plus est – encore qu'il eût fort peu d'effet sur la croûte de haricots attachée à la casserole. Le vieux Kirk alors jeta dedans une poignée de gros sable, qu'il tenait en réserve dans un seau.
– Pour récurer une casserole, il n'y a que ça de vrai : le sable du lac, et l'huile de coude. Le savon et l'eau font le reste.

Tout en frottant désespérément le fond de la casserole pour en détacher le brûlé, je me pris à songer à la femme de ménage qui venait aider Maman, à la maison. Mme Bunkum. Voilà bien quelqu'un à qui je n'avais encore jamais songé, parce qu'elle était pour moi comme l'eau courante ou l'électricité : une commodité naturelle, susceptible d'apparaître comme par enchantement en cas de besoin. En fait, c'était une maîtresse femme, volumineuse, affairée, et volontiers autoritaire. Elle distribuait des ordres à toute la maisonnée – excepté à Winnie, qui s'empressait de se cacher sitôt qu'elle la voyait arriver.

Winnie avait horreur de l'aspirateur, et moi j'avais horreur de la femme de ménage, parce que les seuls mots qu'elle daignait m'adresser étaient invariablement :

– Ta chambre est dans un tel état qu'une vache n'y retrouverait pas son veau.

Mme Bunkum travaillait chez nous depuis des années et des années, et elle avait récuré des montagnes de casseroles. Je souhaitai brusquement la voir entrer dans cette cabane et prendre la relève. Elle serait bien capable, sans doute, d'aller dire à ce pauvre Kirk comment nettoyer son fusil. Voire d'empoigner le chiffon gras et d'y procéder elle-même.

Jamais je n'aurais cru qu'un jour il me viendrait à l'idée de souhaiter la présence de Mme Bunkum! Je me doutais bien, par contre, que je ne lui manquais guère.

Il y avait, au fond de la casserole, une trace noire qui ne voulait pas se rendre. Je l'avais attaquée sous tous les angles – avec du savon, du sable, des jurons. J'y avais même mis l'ongle et, millimètre carré par millimètre carré, la tache récalcitrante finissait par céder du terrain. Le vieil homme se traîna jusqu'à moi pour inspecter l'avancement des travaux. Je lui brandis ma casserole sous le nez.

– Et comme ça? Est-elle assez propre?
– Mmm, je dirais même trop propre. Je ne crois pas qu'un bon cuisinier doive trop bichonner ses casseroles. Ça ira comme ça.

Le jour déclinait. Au-dessus des arbres, à l'ouest, le ciel n'avait plus trace de rose. Je décidai que la fenêtre qui s'ouvrait au-dessus de l'évier compensait en partie l'absence d'eau courante. Malgré tout, si l'on pouvait parler de *taudis* pour une cabane à la montagne, cette baraque en méritait le titre.

M. Kirk alluma une chandelle qu'il plaça sur la table. Eh bien, me dis-je, les soirées promettent d'être longues, dans le Vermont!

Il me montra comment démonter le Purdey, le nettoyer à fond, l'huiler, remonter le tout. Ce n'était jamais qu'un fusil à un coup – rien de bien sorcier dans le mécanisme. Si bien que les secrets de cette tâche ne me parurent guère plus subtils que l'art de récurer les casseroles. Je refermai l'arme d'un coup sec, satisfait.

– Et voilà, commentai-je. Facile.

Kirk plissa le nez.

– Mouais.

– Et maintenant?

– Allons faire un petit tour dehors. Ce qu'il y a de bien, en avril, c'est qu'il n'y a pas encore d'insectes. Trop frais pour eux, encore.

Il sortit, et je le suivis.

– Eh, mais c'est qu'il ne fait pas chaud du tout!

– Attends que la nuit tombe, il fera encore plus frisquet.

– Pourtant, c'est le printemps.

– Oh, en bas, vers le sud, oui, peut-être. Mais par ici, dans nos hauteurs, avril a de ces sournoiseries, parfois!

Je ne regrettais pas d'avoir sur le dos mon gros chandail de laine. Je remontai le col de ma chemise, pour plus de confort encore.
- Mais quelle idée de se balader dehors, grommelai-je, alors qu'au moins, dedans, il y a le poêle!
- Eh, de quoi donc es-tu fait, gamin, pour ne pas supporter le grand air? Te prends-tu pour une plante de serre?
- Non, mais j'ai si froid que je me retiens de claquer des dents.
- Bon, tant pis, rentre donc au chaud, si tu y tiens! Mais tu manqueras le meilleur.

Comme je ne tenais pas à manquer ce meilleur dont j'ignorais tout, je lui demandai ce qu'était ce truc-machin si formidable. Pour toute réponse, d'un geste du bras, il me fit signe de le suivre. Je le suivis en silence.

Il m'emmena sur un gros rocher qui dominait la cabane, vers l'ouest. Ce n'était certes pas une éminence d'une hauteur vertigineuse – dix à douze mètres à peine au-dessus du toit de bardeaux. Mais pour y monter, cela grimpait raide. Le souffle du vieux Kirk était un peu court, mais ses jambes arquées ne renâclaient pas à l'escalade.
- Alors! Qu'en penses-tu?
- Je ne vois rien de spécial.
- Mais si, là. Droit devant nous.

Je tournai les yeux dans la direction indiquée.

Là, dans l'encoche en V que dessinaient deux pics sombres, rougeoyaient les dernières braises du couchant.
– Ce sont les monts Verts, n'est-ce pas?
– A ce qu'il paraît. Du moins, ce matin, ça l'était encore. A vrai dire, des monts Verts, ici, nous en avons partout, devant, derrière, sur les côtés...
– Et vous venez contempler cette vue tous les soirs?
– Non, pas tous les soirs. Parce que le spectacle n'a pas lieu tous les soirs. Seulement l'espace de trois, quatre semaines en avril, et puis de nouveau en août. Il faut que le soleil se couche à cet endroit précis. Pas vilain, n'est-ce pas?

J'étais bien forcé d'admettre que cela ne manquait pas d'allure. Jamais encore je n'avais vu des teintes aussi intenses, aussi soutenues, sur une portion de ciel aussi réduite. C'était comme un minuscule triangle de feu, planté dans la silhouette à contrejour, en dents de scie, d'une chaîne de crêtes qui rappelait vaguement un géant endormi.
– On devrait lui donner un nom, à ce morceau de coucher de soleil, déclarai-je.
– Oh, c'est fait.
– Par qui, par vous?
– Ouaip.
– Et alors? Comment s'appelle-t-il?
– Flèche-en-Flammes.

Mon regard revint à Flèche-en-Flammes, plus incandescente que jamais. Pouvait-on rêver nom de baptême plus évocateur? Car c'était bien à une flèche incendiaire que faisait songer cette pointe embrasée, à une flèche en train de se planter dans la nuque d'un guerrier géant, gisant sur le ventre.
– J'ai l'impression d'entendre des bruits, quand je vois ça.
– Quoi, par exemple? voulut savoir le vieil homme.
– Oh, le cri de guerre d'un Mohican ou d'un Huron – quelque chose de cruel et de déchirant. Ou peut-être un chant, le chant de deuil d'une femme pleurant son guerrier mort...

Mais j'avais déjà trop parlé. Je me sentis tout bête et tout penaud : comme si tant de beauté avait besoin de mots!
– Oui, c'est peut-être bien à ce genre de choses que ça me fait songer, moi aussi. Mais je n'avais jamais pris la peine d'y réfléchir vraiment.
– Ça commence à pâlir, déjà. Il me semble voir le grand guerrier mourir. Il ne bouge pas, il se refroidit, immobile, dans le noir. Bon sang, j'aimerais bien être un Indien!... Et puis... quand je vois des choses comme ça, je me sens tout bête.

Il me jeta un coup d'œil de côté.
– Tout bête?

– Oui, tout bizarre. Il me semble qu'il y a des choses immenses, qui me dépassent terriblement, et que je ne comprendrai jamais. Là, dans le ciel. Derrière le ciel. Je suis sûr qu'elles y sont.

– Comment peux-tu en être sûr?

– Justement, à cause de visions comme celle-là. C'est vrai. C'est trop fort pour nous. Il me semble que si j'inventais une religion, j'y ferais entrer des phénomènes comme Flèche-en-Flammes.

– Ah bon, vraiment?

– Oui, vraiment. C'est difficile à dire, mais il me semble... Quand on a mon âge et qu'on a sous les yeux un spectacle comme celui-là, on se sent vraiment tout petit; comment ne pas se dire qu'il existe forcément un Dieu?

– Et tu crois qu'on ne se sent pas tout petit, quand on a cinquante ou soixante ans de plus?

– A vous aussi, ça vous fait cet effet?

– Oui. A tous les coups.

– Et de jour, on la voit aussi?

– Oh, seulement la gorge entre les deux pics. Rien qu'une dent de scie sur l'horizon – une de plus. A peine si on la remarque, à moins de la chercher, bien sûr. Une simple gorge, un défilé, rien de plus banal. Non. Flèche-en-Flammes réclame le couchant.

– Ce n'est même pas encore tout à fait éteint.

– Il n'y en a plus pour longtemps, pourtant.

– Je me demande... Si on grimpait plus haut –

sur ces à-pic, par exemple –, la verrait-on plus longtemps?
- Non. J'ai essayé.
- Et vous n'avez rien vu?
- J'ai vu le coucher du soleil. Mais pas la moindre Flèche-en-Flammes. C'était comme si je l'avais rêvée. Rien du tout – que le couchant.
- Oh, j'aimerais que Maman puisse venir voir ça, un jour. Un jour où ce serait comme ce soir.
- Ta mère est une bien jolie femme.
- Comment le savez-vous?
- Ton père m'a montré sa photo.
- Ouais, c'est vrai, maintenant que vous le dites : elle est plutôt jolie, je crois. Avec quelque chose d'un peu doux et triste.
- C'est à se poser des questions.
- Comment ça?
- La question de savoir, par exemple, comment elle a pu donner le jour à un vilain canard comme toi.

Chapitre 8

Sabbat Kirk réprima un frisson.
— Ouais, dis-je, j'ai l'impression que vous n'avez pas plus chaud que moi. L'ennui, c'est que je n'ai aucune envie de rentrer, moi, maintenant.
— Moi non plus, figure-toi. Je suis resté enfermé comme un rat, dans cette cabane, depuis Noël, et je trouve bon de pouvoir mettre un peu le nez dehors.
— On pourrait peut-être prendre de quoi se couvrir?
— Ce ne serait pas idiot.
Il descendait, comme un vieux cabri, la dernière marche de rocher.
— Je vais chercher nos pelisses, proposai-je.
— Derrière la porte, la mienne!
Je courus à la cabane, extirpai ma veste de ma

valise – rouge et noir, en pure laine, un cadeau de mon père pour mon dernier anniversaire. Celle du vieux Kirk, à côté, râpeuse et élimée, avait plutôt pâle figure. Pouvait-il réellement s'offrir le luxe de me payer un dollar par mois, comme il le disait? C'était à se le demander.
– Voilà, dis-je en lui tendant la vieille harde. Et maintenant, qu'y a-t-il d'autre à voir, ici, le soir?
– Ça dépend.

Les poings sur les hanches, j'attendis la suite, me retenant de toutes mes forces pour ne pas lui lancer : « D'accord, mais ça dépend de quoi? » Etait-il fatigant, avec ses phrases à demi achevées! Pour finir, je n'y tins plus :
– Ça dépend de quoi, au juste?
– Mmm, ça dépend de Tool. Le tout est de savoir si elle est dans les parages, ou si elle est partie en vadrouille de son côté.

Je la cherchai des yeux et ne la vis pas.
– Tool? Too-ool?
– Tu peux toujours t'égosiller. Elle ne risque pas de t'obéir.
– Où est-elle?
– En vadrouille.
– Peut-être qu'elle va rapporter une gélinotte, avançai-je.

En disant cela, je le savais, je ne faisais guère que jouer les perroquets : une gélinotte, pour commencer, je ne savais même pas ce que c'était. Un quelconque volatile, c'est tout.

Comme s'il lisait dans mes pensées, le vieux Kirk laissa tomber, en m'épiant du coin de l'œil :
– Sais-tu seulement ce que c'est, une gélinotte ? C'est un peu comme une perdrix, c'est marron, long à peu près comme ça (il écartait ses deux mains d'environ trente centimètres), avec une huppe, et la queue en éventail.
– Ouais, assurai-je. Je sais.
– C'est surtout si tu en lèves une par hasard, dans un fourré, que tu sauras ! ajouta-t-il, goguenard. Parce que, quand ça s'envole, ça fait autant de raffut qu'un taureau furieux.

Le col montant de ma veste de laine me grattait vaguement le cou, et c'était chaud et rassurant. Je faisais tout mon possible pour ne pas songer à la maison.
– Avec un peu de chance, ce soir, annonça Kirk, nous aurons la visite de Bandit.
– Bandit ? Qui c'est, celui-là ?

J'espérais bien que ce Bandit-là n'avait aucune parenté avec un certain Loomis Broom – pas plus qu'avec son chien.
– Tu verras bien, s'il vient, dit seulement le vieil homme en balayant du regard les alentours de la cabane. Et il y a une petite chance qu'il vienne, vu que Tool n'est pas ici pour y mettre son museau. Le mieux, c'est de nous asseoir et de ne

plus faire de bruit. Dans ce cas, il viendra, probable.

Le vieux Kirk avait raison. Bandit vint nous rendre visite.

Nous étions assis sur la pierre qui servait de banc, contre le mur nord de la cabane, l'échine adossée aux rondins de bois. Muets, dans la pénombre grandissante, nous attendions. Je commençais à trouver cette attente assommante lorsque le vieil homme, très lentement, allongea le bras pour effleurer la manche de ma veste.

Je suivis la direction de son regard et faillis chuchoter : « C'est Bandit ? » Mais je me ravisai à temps et gardai bouche cousue.

C'était bien Bandit qui arrivait. Une forme sombre, comme prévu, se glissait dans notre direction, en provenance de l'étang que j'avais repéré plus tôt, au nord de la cabane. Une paire d'yeux noirs et luisants nous surveillait, insistante; Bandit, de son côté, se savait épié lui aussi.

– Allons, approche, Bandit, murmura très doucement le vieil homme, d'une voix que je ne lui connaissais pas. J'ai ici un garçon qui n'a jamais vu de raton laveur; alors, viens donc te faire voir par ici.

Bandit. Le nom convenait à merveille au petit animal. Il avait sur les yeux une sorte de masque de fourrure sombre, plus noire encore que la nuit, semblable au loup d'un bandit masqué.

– Il est apprivoisé? murmurai-je.
– Oh, guère pas. Mais chut, maintenant. Taisons-nous et laissons-le nous renifler une bonne fois, sinon il va s'effaroucher et déguerpir.

La lune à cet instant surgit de derrière un nuage, et je vis Bandit décider de s'approcher encore un peu. Mais chaque pas dénotait un soupçon d'hésitation.
– Ecoute donc, Bandit, reprit à mi-voix le vieil homme. Nous avons de la visite, vois-tu? J'ai ici un garçon des villes qui aimerait bien te rencontrer pour de bon. Mais il va garder ses mains dans ses poches, parce qu'il sait que tu as les dents bien aiguisées. Et s'il ne le sait pas, il l'apprendra vite.

Bandit s'était immobilisé, à moins de six ou sept mètres de nous.
– Il hume le vent pour vérifier que Tool n'est pas dans les parages, me souffla Kirk. Ne me demande pas comment il fait pour deviner qu'elle est en balade ailleurs, mais quelque chose le lui dit, c'est sûr. N'est-ce pas, Bandit?

Et le vieil homme se mit à fredonner, très doucement, la bouche close. Il ne me sembla reconnaître aucun air en particulier, c'était plutôt comme une berceuse sans âge qu'un grand-père dur d'oreille aurait murmurée pour endormir son petit-fils.
– Je crois que ma pauvre mémoire mélange un peu tous les airs, avoua le vieux Kirk. Mais ce

brave Bandit n'est pas très difficile en matière d'opérettes.

Le raton laveur était tout rond, bien rembourré, et le poil de ses pattes luisait, ruisselant encore de l'eau de l'étang. Il ne devait vraiment pas avoir chaud aux pattes. J'avais remarqué, quelques heures plus tôt, que les bords de l'étang étaient encore partiellement pris en glace. Quand je m'étais penché pour y boire, j'avais constaté que l'eau, même là où elle était libre, était en fait de la glace fondue. C'était si froid, si bien frappé, que j'en avais eu mal au gosier.
— Et vous lui donnez à manger?

Pour toute réponse, en prenant son temps, le vieil homme plongea la main dans sa poche et en sortit une cacahuète.
— Une cacahuète, une seule, c'est tout. Sinon il risquerait de perdre sa liberté d'animal sauvage. Et ça, je n'en veux pas.
— Il va venir la chercher lui-même?
— Fais-lui voir, mon vieux Bandit. Viens, viens chercher ta petite gâterie.

Bandit fit encore quelques pas en avant. Apercevant la cacahuète, il se dressa sur son séant, pointant son museau sombre dans notre direction, aussi loin que son cou voulait bien le lui permettre.
— Attention, mon garçon, tiens bien tes mains dans tes poches et ne remue pas d'un poil. Compris?

— J'ai entendu.
— Dis-toi bien qu'un raton laveur sauvage n'a rien à voir avec un minet ou un toutou; il a des dents qui auraient tôt fait d'éventrer un chien, au besoin. Essaye un peu de le caresser, et les gens t'appeleront « le Gaucher »...

Je faillis éclater de rire. Je me demandai soudain comment faisait ce vieux pince-sans-rire pour ne jamais sourire seulement, quand il en lâchait une bien bonne. Tout le contraire de nos comiques, à la télé, toujours en train de s'esclaffer, mais pour finir rarement drôles. L'idée de la télévision me rappela le canapé et les longues heures passées là, à plat ventre, à espérer vaguement qu'il allait enfin se passer quelque chose d'intéressant sur l'écran.

Et tout à coup, Bandit chargea. Il saisit la cacahuète entre ses pattes de devant et détala avec son butin.

— Voilà, conclut Kirk. Et maintenant, au pieu. Le jour se lèvera tôt, demain.
— Mais je n'ai pas sommeil, moi! Quelle heure est-il donc?
— L'heure de se pajoter.
— Vous n'avez donc pas de montre? Ni de réveil, ni de pendule? Je n'ai rien vu, dans la cabane.
— J'ai bien eu une montre, dans le temps. Je l'ai donnée. L'idiote s'arrêtait toujours, parce que j'oubliais de la remonter. Le premier imbécile

venu est capable de faire la différence entre la nuit et le jour, n'importe comment.

De retour à la cabane, je m'inquiétai de savoir où j'étais censé dormir. Il n'y avait qu'un lit – étroit et plus que rudimentaire, d'ailleurs.
– Où tu vas dormir? Sur le plancher.
– C'est bien trop dur.
– Ah, j'oubliais...

Je le vis sortir à grandes enjambées, tandis qu'à contrecœur j'échangeais mes vêtements contre un pyjama en flanelle épaisse que Maman avait tenu à tout prix me voir emporter. C'était bien bon, ma foi, de se glisser là-dedans – c'était chaud, familier, enveloppant.

Le vieux Kirk rentra presque aussitôt, muni d'une grande brassée de ramilles de pin hérissées d'aiguilles, qu'il laissa tomber sans cérémonie sous la table, à l'autre bout de la cabane.
– Voilà.
– Je vais dormir *là-dessus*?
– Tu t'y feras. Ça demande peut-être un peu d'habitude, mais je te garantis que j'ai passé plus d'une nuit là-dessus. D'ailleurs, ça sent bon.

Quelle horreur! Autant dormir sur un sac de patates, ou sur une collection de poignées de porte! Mais le pire, ce fut de voir le vieil homme, dans sa longue chemise grise, venir souffler la chandelle, puis de l'entendre se hisser sur son sommier, dont les ressorts gémirent à qui mieux mieux.

A peine si le vieux sanglier avait marmonné « Bonne nuit »! Mais je m'en moquais, de son « Bonne nuit »! J'étais furieux. Et tout particulièrement, furieux contre moi-même : comment avais-je pu filer si doux, ce soir même? Je n'avais certes pas l'intention de faire ami-ami avec ce mufle, ni de devenir son homme de peine. Il ne fallait pas qu'il se figure pouvoir m'acheter avec une cacahuète, comme il le faisait d'un raton laveur! Qu'il n'aille pas compter là-dessus, non. Je me tiendrais à carreau, d'accord, mais c'était seulement à cause de sa chienne, que j'avais intérêt à garder à l'œil...

Bon sang de bonsoir! Mais qu'est-ce qui m'avait pris, aussi, de renverser la vapeur, ce soir, et d'obtempérer à chacune des suggestions de cette vieille baderne? J'aurais dû garder mes distances, ne pas piper mot, faire le mort. Et lui, avec tout son blablabla! Son idiot de coucher de soleil! Et dire que j'avais marché!

Mais ça avait été plus fort que moi, aussi. Elle vous prenait vraiment aux tripes, sur le moment, cette vision d'incendie. Seulement, tout de même, j'aurais pu la contempler sans rien dire... Parce que, coucher de soleil ou pas, une chose était certaine : j'étais ici en prison, et Kirk était mon chien de garde.

Oui, mon père avait menti. J'étais comme un détenu, ici.

Le vieil homme ronflait doucement, et moi,

tout en l'écoutant, je réfléchissais à la façon dont je pourrais prendre la poudre d'escampette.

Bon. Ma « paie » – comme il avait le culot de l'appeler – c'était tout simplement de la foutaise. Un dollar par mois! Il me faudrait une éternité, à ce rythme-là, pour me payer seulement le retour en bus à la maison.

L'idée me vint qu'il devait bien cacher son argent quelque part. Mais où? Dans une cabane aussi petite, ce ne devait pas être tellement sorcier de découvrir où il planquait son magot.

Il suffisait d'attendre l'occasion favorable.

Chapitre 9

Je me retournai sur ma couche. Les ramilles de pin bruirent sous moi dans un crépitement d'enfer, comme pour me prévenir que le sommeil, ce soir, serait long à venir. Mon bon lit de Greenwich était bien loin d'ici...

« Ouais, ici, j'y suis, me dis-je en escamotant un soupir. Mais ça ne veut pas dire " J'y reste ". Après tout, il n'y a pas de clôture. Tout juste d'immenses étendues de contrée déserte et gelée, à des kilomètres à la ronde... Mais je sais où est le nord : dans la direction du lac.

« Quand je me ferai la paire, j'irai droit vers le sud. Jusqu'à retrouver la route – je finirai bien par retomber dessus – et, de là, je regagnerai Middlebury ou une quelconque autre bourgade. J'y trouverai peut-être un petit boulot. Quoi, par exemple ? Bah, de la plonge dans une quelconque gargote, ou peut-être le service à la pompe dans une station-service. La paie ne sera sûrement pas bien grasse...

« D'accord, mais ce serait toujours mieux que trois *cents* par jour », ricanai-je tout bas. Un dollar par mois – trois *cents* par jour! A coup sûr, le vieux grigou se payait ma tête. Qui voudrait travailler toute la sainte journée à ce prix-là? A moins d'être un peu dérangé, sans doute...

A moins d'être un peu dérangé. Je songeai soudain, le cœur serré, qu'il me serait sans doute difficile, au fond, de trouver trois personnes prêtes à jurer sur l'honneur que Collin Richardson Pepper *n'était pas* un peu dérangé...

Le souvenir me revenait soudain de toutes ces visites au Dr Rutledge. L'avantage, avec lui, tout de même, c'était qu'il n'y avait pas à s'allonger sur ce stupide canapé des psychanalystes de légende. Pas besoin non plus de lui raconter des histoires d'opérette – du genre « je déteste ma mère » et autres joyeusetés. Non, là, tout simplement, je me vautrais dans un fauteuil, et j'étais censé dire à ce bon Rutledge tout ce qui me passait par la tête.

Un seul problème : plus rien ne me passait par la tête, dans ces occasions-là. Alors, j'inventais. Tout et n'importe quoi.

C'était un peu comme un jeu. Les plus gros mensonges que je pouvais fabriquer, je les fourguais au Dr Rutledge. Ils ne contenaient pas une once de vérité, mais tant pis. Je lui racontais, par exemple, que j'avais toujours rêvé d'assassiner quelqu'un. Rien que pour voir si je serais capable, ensuite, de faire comme si de rien n'était.

– Fastoche, plastronnais-je. Je pourrais descendre M. High, par exemple (c'était mon prof de maths, à Greenwich), et ensuite je plaiderais la démence au moment des faits. Après tout, docteur, je suis en cours d'analyse, n'est-ce pas? C'est bien la preuve qu'il y a quelque chose qui ne tourne pas rond. Alors, on ne pourrait pas me condamner...

Je lui racontais bobard sur bobard. Je lui disais que je n'avais qu'une envie, celle de me payer un fusil à baïonnette, et de tirer à vue sur tout ce qui bougerait. Je massacrerais toute la ville. Une hécatombe.

– Et pourquoi donc? voulait-il savoir.

– Parce que je déteste tout le monde. Voilà pourquoi.

Le petit problème, c'est qu'en réalité je n'avais jamais su détester personne. Enfin, presque personne. Je crois qu'il m'arrivait parfois d'éprouver une réelle hostilité envers un certain Collin Pepper. Et quelque chose me disait que je n'allais pas adorer non plus ce vieux Kirk. Ni son chien, d'ailleurs.

Au fait, et Loomis Broom? Quelqu'un à détester, enfin!

Le plus bizarre, c'était que le vieux Kirk, lui, n'avait pas l'air de le détester vraiment, au fond, ce Broom. Peut-être était-il comme moi, le vieux bonhomme : incapable de détester qui que ce soit ? Quelque chose me disait même que, sous ses airs de sanglier, il était capable d'attachement. Il aimait bien Tool, c'était sûr. Et mon père aussi, sauf erreur, il avait l'air de l'aimer bien.

Moi, mon père, je ne pouvais pas dire que je raffolais de sa compagnie. Et manifestement, de son côté, le fils que j'étais pour lui ne l'enthousiasmait pas non plus : l'idée lui serait-elle venue, sans cela, d'aller m'exiler dans cette cahute au fond des bois, avec un vieux fou teigneux et son chien plus teigneux encore ?

– Tool, murmurai-je à mi-voix dans l'obscurité.

Si je décidais de m'enfuir, le vieil homme lâcherait-il la chienne à mes trousses, à travers bois ? Je me voyais déjà trébucher, hors d'haleine. Tool me sautait dessus et m'achevait sauvagement – comme des chiens de meute déchiquètent un renard.

Je me souvenais d'avoir vu un film terrible, un soir très tard, à la télévision. C'était un pauvre hère, en haillons, qui fuyait en pataugeant à travers un marécage. Il était empêtré, en plus, d'une chaîne et d'un boulet de forçat. Un évadé de quelque bagne. De l'île du Diable ? Les chiens étaient après lui, en tout cas. Et pas des limiers, non, des dobermanns !

Derrière les chiens venaient des hommes, armés jusqu'aux dents. J'espérais bien voir le repris de justice, quel que fût son crime, leur échapper finalement. Mais ça n'avait pas été le cas. Il avait essayé, pourtant, le pauvre bougre. Mais il s'était égaré. Un pauvre type. Un fou? Non, juste un type « à problèmes ».

« Tu es un garçon à problèmes, Collin », m'expliquait patiemment ce bon Dr Rutledge. Les psychiatres n'y vont jamais franchement, quand ils s'expliquent. Ils ne diront jamais à un patient qu'il est timbré. Surtout pas quand c'est un gosse dont les parents casquent sans discuter – à trente-cinq dollars la séance. Non, ils préfèrent parler de « problèmes ». *Cinglé, marteau, louftingue*, connaissent pas. Il n'y a que des gens « à problèmes ».

Allons, à ton tour, mon vieux Collin Pepper. Fais-toi la paire. Cours. Galope. Patauge dans le marécage et peut-être... Peut-être échapperas-tu au vieux diable qui ronfle là, à trois pas de toi, sur sa couche?

M'enfuir, d'accord, mais pour aller où?

Mon grand-père accepterait de me recueillir, sans doute.

Grand-Père. Il commençait à se faire vieux et devenait un peu dur d'oreille. Pourtant, il était pour moi beaucoup plus qu'un simple grand-père. C'était plutôt comme un vieux copain. Mon meilleur ami, peut-être.

Quelque chose me disait qu'en son temps il avait dû être un sacré chirurgien. Il était en tout cas la seule personne au monde à qui je pouvais confier, sans rougir, que je songeais moi-même à devenir médecin un jour. Tout le restant de la famille n'aurait su que me rire au nez. Mais lui ne riait pas. Il me prenait au sérieux. Il savait que, si je lui confiais un secret, c'était que j'y croyais. Il le savait. Sans avoir à poser de questions.

Bien sûr, il n'allait pas me le dire tout cru, qu'il en rêvait lui aussi, de me voir devenir docteur. Mais je le sentais.

Il y avait, dans son bureau, un immense fauteuil de cuir rouge, et là, quand j'étais tout petit, nous nous installions tous deux, moi sur ses genoux, et nous regardions ensemble les images de ses livres de médecine. Je nous revois feuilletant ces livres, sautant les pages de texte pour n'examiner que les photos – surtout les photos en couleurs. Il m'indiquait le nom des glandes et des organes, et m'expliquait leur fonctionnement, leur rôle au sein de ce qu'il appelait « la merveilleuse machine qu'est le corps humain ».

Et j'avais l'habitude, lorsque je lui réclamais une histoire, de préciser (bien inutilement) : « Une histoire de comment-fonctionne-le-corps. » Alors, il me parlait du cœur, par exemple. Du cœur qui n'est jamais qu'un muscle, un muscle particulièrement dur. Dur, parce qu'il travaille sans relâche, comme une pompe infatigable. Il me parlait des poumons – des sortes de pompes, eux aussi. Et puis de notre sang – un réseau d'approvisionnement – et de notre estomac – une usine à traiter les aliments. Il y avait encore les intestins – un réseau de plomberie, en quelque sorte.

« Quand la machine tombe en panne », m'expliquait-il, le médecin retrousse ses manches et tâche de réparer ça. C'est un peu comme un mécanicien sous une voiture. »

La comparaison me semblait aller de soi.

« Et tu sais réparer *toutes* les pièces de la machine ? » lui avais-je demandé un jour.

Je ne me souviens même plus de la réponse. Mais pour moi, elle était évidente. Etant donné que Grand-Père avait les cheveux tout blancs, étant donné les longues heures qu'il avait passées à l'hôpital, il avait dû réparer tant et tant de machines qu'il les connaissait certainement à fond.

Je n'étais pas bien grand, non plus, quand je lui avais posé cette question :

« Mais pourquoi n'as-tu pas réparé Grand-Mère ? »

Grand-Mère était morte quelques mois plus tôt.

Il avait retiré ses lunettes, et son regard avait évité le mien durant quelques secondes. Je savais qu'il aimait Grand-Mère au moins autant que je l'aimais moi-même. Aussi, au lieu de le presser de répondre, lui avais-je passé autour du cou mes petits bras, pour le serrer très fort contre moi.

Et maintenant, à l'instant même, là, dans cette cabane croulante, j'aurais voulu pouvoir l'étreindre encore une fois.

Grand-Père... Ce n'était certes pas le même genre d'homme que le vieux Kirk. Pourtant, je leur donnais à peu près le même âge. Leurs voix non plus ne se ressemblaient pas. Grand-Père parlait, presque toujours, comme si les mots qu'il prononçait étaient tirés d'un ouvrage important, ou d'un poème célèbre. M. Kirk, au contraire, parlait comme quelqu'un qui n'aurait jamais lu de livre... Et pourtant, pour être franc, je ne détestais pas la façon dont il disait les choses.

Je me retournai une fois de plus, et le sol dur me meurtrit la hanche.

Mes parents ne voulaient jamais comprendre pourquoi je ne sortais pas du lit en sifflotant, systématiquement, plein d'entrain pour la journée qui commençait. J'essayais de leur expliquer, en pareil cas, que j'avais eu du mal à dormir.
– Du mal à dormir? Mais que faisais-tu donc?
– Rien. Je pensais à des trucs.

Alors Papa haussait les épaules et faisait remarquer que ces « trucs » auxquels je pensais ne devaient pas avoir grand rapport avec ce que j'étudiais en classe, parce que mes notes n'avaient rien de bien sensationnel.

« Au moins, mon cher Papa, me dis-je en rassemblant sous moi mes aiguilles de pin, avec ton rejeton dans ce trou perdu au cœur des montagnes, tu ne recevras pas de bulletin mensuel désastreux ni de constat d'échec sur les performances de ta progéniture. Et encore ? Est-ce bien certain ? Qui me dit que ce séjour, au fond, n'est pas encore une épreuve, un examen, un test – sur lequel je vais trébucher, pour changer ? »

A la vérité, si mes parents n'étaient pas fiers de moi, on ne pouvait guère leur en vouloir : il faut dire que je ne brillais en rien. Mes leçons de piano elles-mêmes avaient été un douloureux échec. Or j'aimais la musique, pourtant. Mais ce que je n'aimais pas, c'étaient ces exercices assommants, à peu près aussi harmonieux que la sonnette de notre porte d'entrée.

« La musique n'a rien à voir avec une sonnette de porte d'entrée, Maman, plaidais-je. Je t'assure, on jurerait un carillon d'entrée, ce que Mlle Golder me donne à jouer. »

Alors, au lieu de déchiffrer mes partitions, je préférais de loin, quand il n'y avait personne pour m'entendre, jouer avec deux ou trois doigts des airs à mon idée. Dans ces cas-là, immanquablement, Winnie s'approchait, indolente, pour s'installer sous le piano, le museau sur mes pieds.

De temps à autre, sa queue s'agitait mollement.

Naturellement, quelques jours plus tard, je me faisais vertement morigéner par Mlle Golder, pour ne m'être pas suffisamment exercé à pratiquer ses stupides gammes. Un jour, par ses diatribes, elle me fit enrager tant et si bien que, voyant rouge, je lui lançai que je ne savais jouer qu'avec une admiratrice sous le piano, le menton sur mes pieds et le regard béat!

Elle explosa. Le jour même, mes parents recevaient d'elle un coup de téléphone : elle refusait désormais de me donner des leçons, et leur conseillait vivement de « faire quelque chose » – j'étais un enfant « à problèmes ».

C'était alors qu'on m'avait confié à ce brave Dr Rutledge. Au lieu d'une fois par semaine, à l'instar des leçons de piano, les séances chez le bon docteur avaient lieu deux fois par semaine. Elles n'avaient rien de musical, si ce n'est qu'au fond le ton de la conversation – dont je fournissais l'essentiel – avait quelque chose de la berceuse ou de la rengaine. Lui, pendant ce temps-là, prenait d'énigmatiques notes dans son petit carnet secret.

J'égrenais des phrases, attendais la réaction. Il ponctuait mes « confessions » d'un occasionnel « Je vois » et de « Ah bon? » par-ci par-là.

Il avait l'air de m'écouter religieusement. Pourtant, j'avais toujours la vague impression qu'il rêvait secrètement d'être à ma place plutôt qu'à la sienne – ou peut-être même sur un divan, à faire une petite sieste. En fait, il écoutait réellement, j'imagine. L'ennui, c'est qu'il n'entendait pas. Il n'entendait pas, par exemple, quand je pleurais tout bas, au plus profond de moi-même – quand je me sentais traqué, comme par ces chiens policiers, au milieu d'un marécage; quand je ne savais plus où aller, que j'avais froid, que j'étais seul.

Mon île du Diable à moi, il en ignorait l'existence. Personne ne la connaissait.

Sauf moi.

Chapitre 10

- Debout, mon gars.
 Dans la cabane, il faisait froid, il faisait noir. Je tentai de me retourner. Ma pauvre carcasse était raide et tout endolorie.
- Eh, quelle heure est-il donc?
- L'heure de se lever.
 Belle réponse. J'aurais dû m'en douter. Des réponses de ce style, le vieux Kirk en avait tout un stock, derrière les fagots. Qu'il aille au diable, l'animal, avec son plancher dur et ses aiguilles de pin! Pour finir d'agrémenter mon sommeil, mes rêves s'étaient peuplés de Loomis Broom de tous poils.
- Mais quelle idée de se lever à cette heure-ci?
 Il eut son ricanement favori :
- Y a du boulot qui attend.

Ce seul mot me fit grimacer. Et d'ailleurs, quel genre de boulot? Que pouvait donc avoir à faire ce sanglier dans sa tanière? Il n'y avait ici ni bureau ni usine où aller pointer. Je me frottai les yeux, m'assis, et constatai que le vieil homme était déjà habillé. Puis j'entendis, derrière la porte, un grattement significatif.
– Tiens, la chienne est de retour.
– Normal.

Je me dépouillai de mon pyjama de flanelle pour enfiler derechef mes vêtements de la veille. Mes chaussettes sentaient le sale, mais je passai outre, vu que mes pieds m'avaient l'air plus sales encore.

Le vieux Kirk me regardait faire.
– Va te laver.
– Où ça?
– Dehors. Tu trouveras bien le seau. S'il est vide, va le remplir.
– Là-bas, à l'étang?
– Non. Tu vois les rochers sur lesquels nous sommes grimpés, hier soir? Sur la droite, derrière les fougères, tu trouveras un *sourceau*.

Un *sourceau*? Jamais entendu ce mot-là. Enfin, peut-être le seau contiendrait-il encore assez d'eau pour mes ablutions matinales, ce qui m'épargnerait d'avoir à demander à quoi ressemblait ce que j'étais censé chercher. J'ouvris la porte et n'eus que le temps d'entr'apercevoir Tool, qui se rua dans la cabane entre mes jambes. Le seau était à moitié plein... d'eau à moitié prise en glace. Une serviette presque propre était accrochée à un clou, et je m'en essuyai le visage et les mains. Puis j'éclaboussai d'eau mes pieds déjà glacés.

Un rai de lumière, à l'est, se glissait entre les pins. De retour dans la cabane, je demandai à M. Kirk le menu du petit déjeuner. J'étais prêt à retourner au lit s'il répondait : « Des haricots. » Le repas de la veille au soir m'avait transformé en ballon dirigeable.

– Du pain de maïs.

Une tiède odeur s'élevait du poêle, qui avait retrouvé la vie durant le temps que j'étais dehors. A la maison, j'aurais parié : « Il y a des petits pains ! »

– Y a-t-il du jus d'orange ?

– Non. Mais il y a du café. Regarde par là, dans la grande boîte. Non, pas celle-ci, c'est le sucre. Tout au bout de l'étagère. Mais cherche donc toi-même, au lieu de demander – tu trouveras plus vite.

– Je l'ai.

– Alors, prépare le café. J'ai assez à faire avec le pain.

– Je ne sais pas faire.

– Apprends ou reste sur ta soif.

Je fis bouillir de l'eau dans la bouilloire, j'en remplis deux bols blancs, puis déversai dans chacun une généreuse cuillerée d'une poudre

brune, dont il était difficile de dire s'il s'agissait de café moulu ou soluble. Après quoi, je remuai le mélange, dans l'espoir de transformer cette boue en quelque chose de buvable. Le vieil homme trempa ses lèvres dans le breuvage fumant et fit une grimace.
– Pas terrible, hein, comme cuisinier?
– Et comment faites-vous, vous, alors?
– Pareil. Et le résultat est tout aussi triste.
– Autrement dit, vous n'êtes pas non plus un fameux cuisinier.
– Je n'ai jamais dit que je l'étais.

J'avais pris la ferme résolution de ne pas apprécier son pain de maïs. Pourtant, lorsqu'il plongea dedans la lame d'un couteau, qu'il en découpa un généreux cube jaune et le déposa tout fumant dans mon assiette, je dois dire que l'odeur m'en parut divine. Je m'apprêtais à en détacher un bout lorsqu'il m'aboya aux oreilles :
– Une minute, cré bon sang!
– Pourquoi?
– Pas terminé.

Dévissant le bouchon poussiéreux d'un petit bocal gris, il arrosa ma portion de maïs d'un torrent de liquide ambré.
– Qu'est-ce que c'est? Du sirop?
– Du miel.

Je dévorai le tout sans me faire prier, et en redemandai – prudemment. Il m'en servit une seconde platée. Tout comme pour le repas de la veille au soir, le menu était un peu simple, mais il vous lestait l'estomac. Quant au café, il semblait meilleur à chaque gorgée.

– Et pour midi, que mangerons-nous?

– Rien du tout. Tool et moi ne mangeons que deux fois par jour, et nous ne nous en portons pas plus mal. Un repas le matin, un le soir. Le milieu de la journée, c'est pour le boulot.

« Ça promet, me dis-je. Il ne fait pas encore jour, et voilà ce vieux grigou qui s'apprête à me faire trimer jusqu'au soir, pour trois *cents*, sans rien à croûter pour midi! Exploiteur! Et les lois sur le travail des enfants, alors? Tiens, je pourrais peut-être déposer une plainte devant les tribunaux du Vermont. »

Puis l'idée me vint que j'avais déjà absorbé ici – et de bon appétit – trois repas, sans pratiquement fournir aucun travail en échange.

– Je vais faire la vaisselle, proposai-je, grand prince.

Il leva les sourcils.

– Tu es sûr que ce ne sera pas un trop gros effort pour toi? Je n'aimerais pas te voir tomber d'épuisement.

Un petit triangle de pain de maïs restait là, tout bête, dans le plat de cuisson. J'en absorbai la moitié, et l'autre moitié revint à Tool, après que Kirk l'eut imbibée d'un peu de graisse fondue. La chienne devait avoir grand faim, car elle englou-

tit le tout en une seule et unique bouchée. Rien d'étonnant qu'elle fût si maigre.
– On y va! décida Kirk en se dirigeant vers la porte.
– Faut-il se couvrir? demandai-je.
– Diable, non! On n'en aura pas pour longtemps à se réchauffer...

Il décrocha une hache et, sitôt dehors, me désigna du geste un tas de bois dont il ne restait plus grand-chose. Des copeaux et des écorces jonchaient le sol nu, tout autour.
– Là, me dit-il. C'est là que je veux que le bois soit rangé. Et j'ai bien dit *rangé*, pas entassé n'importe comment. Rangé, empilé, au carré. Je ne veux rien voir dépasser.

Je soupirai.
– Compris.

Puis il me conduisit à l'endroit d'où provenait son bois de chauffage. Il y avait là des quantités d'arbres abattus. Je savais faire la différence entre bois vert et bois sec – pour avoir entendu mon père jurer comme un sapeur, chaque Noël, devant la cheminée. Pour dire la vérité, il jurait aussi – et toussait plus encore – à cause de cette satanée fumée; en règle générale, il avait oublié d'ouvrir la trappe d'air...

Mon père et la mécanique – toutes les sortes de mécaniques – étaient des ennemis jurés.
– Ça, tu vois, mon garçon, c'est une hache.

— Je sais. Il y a quand même un petit nombre de choses que je sais déjà, figurez-vous.
— Ouais, je sais que tu sais. Tu en sais sûrement assez long pour te pourfendre le pied, te trancher le cou par erreur ou te faire sauter la rotule. Facile, avec une hache. Une hache, imagine-toi, c'est un engin sournois. Plus mauvais que le diable. Il n'y a rien qu'une hache aime autant qu'un homme seul au coin d'un bois : c'est dans ces occasions seulement qu'elle se déchaîne et devient vicieuse.
— Bon, ça va, d'accord.
— Si j'insiste, c'est pour que tu te mettes bien dans la tête qu'une hache est un outil, et pas un jouet.
— Bon, lequel de ces arbres voulez-vous que je débite ?
— Aucun pour le moment. Je veux que tu comprennes à quel point c'est traître, une hache.

« Nom d'un chien, me dis-je. Il est plus rasoir qu'un professeur, quand il s'y met ! Ce n'est tout de même pas bien sorcier, de comprendre comment fonctionne une hache ! Ni même de la manier. Je vais le lui faire voir. »
— Je suis prêt.
— Parfait. Essaye un coup, d'abord.

C'était une hache à double tranchant, et le fil de sa lame semblait bien acéré. Il me la tendit, et j'eus la stupeur de découvrir qu'elle pesait bien le double de ce que je m'étais figuré.

— Voilà.

Je commençai, d'un air théâtral, par me cracher dans les mains, puis je me dirigeai, à grandes enjambées, vers un tronc abattu qui n'était guère plus gros qu'un poteau télégraphique. Là, les deux mains crispées sur le manche de la hache, j'abattis la cognée de toutes mes forces. Une fois. Deux fois. Vingt fois. A peine si j'avais entamé l'écorce.

— En oblique, me conseilla Kirk. Incline-la.
— Comme ça?
— Frappe en oblique, d'un côté, de l'autre, et ainsi de suite. Jusqu'à ce qu'une entaille en forme de coin se détache de ta bûche.
— Je sais bien, dis-je. J'étais juste en train de m'échauffer.

Appliquer sa méthode améliorait nettement les choses. Bientôt les éclats de bois voltigèrent, la lame progressait vers le cœur du bois sombre.

Je m'arrêtai pour reprendre haleine.

— Ça devient plus dur, vers le cœur, me justifiai-je.
— Roule-la donc, me conseilla-t-il.

« Dans quoi? Dans la farine? » fus-je tenté de demander. Pouvais-je risquer la plaisanterie? Pas sûr. Les habitants du Vermont, avais-je entendu dire, ne sont pas très portés sur l'humour.

— Qu'est-ce que je dois rouler? La hache?
— Mais non, ta bûche. Tu n'auras pas à entailler aussi profond, ni à te pencher tant. En plus, s'il y

a de la roche sous le bois que tu débites, tu n'iras pas planter dedans la lame de ta hache!
– 'Videmment!

Je fis rouler la bûche à grands coups de pied et profitai de l'occasion pour retirer mon pull – mais sans prendre la peine de me recoiffer ensuite. Je remontai les manches de ma chemise, puis soulevai de nouveau cette hache, les mains crispées sur le long manche.
– Relâche-moi cette main droite, mon gars.
– Et pourquoi donc?
– Tu vas voir; ta hache sera plus facile à manier si tu laisses glisser ta main droite vers ta tête quand tu prends ton élan. Ensuite, tu la laisses revenir en place, souplement, contre la gauche, et tu frappes ton coup. Essaye voir.

Mais je refusai. Je m'entêtai à cogner, cogner, les deux mains crispées, serrées, jusqu'à en avoir le vertige. Enfin le billot se retrouva en deux tronçons distincts.
– A vous, dis-je au vieux Kirk en lui rendant la hache, les bras tremblants de fatigue.

Et je le regardai faire.

Son geste était régulier, sans effort apparent, et les éclats de bois volaient sous la cognée, plus vifs que des moineaux effarouchés. Pour trancher ce même billot, il m'avait fallu plus d'une centaine de coups. Aussi comptai-je les siens, par pure curiosité.

Il lui en suffit de vingt-huit – pas un de plus.

Chapitre 11

Toute la matinée s'écoula de la sorte, à débiter du bois.

Lorsque c'était moi qui maniais la hache, le vieil homme trimbalait le bois coupé jusqu'à la cabane. Et quand venait son tour de trancher et de débiter, je charroyais de mon côté bûche après bûche. J'en étais trempé de sueur.

Le vieux Kirk leva les yeux sur moi.
– Eh oui, c'est ça, le bois de chauffage.
– C'est ça *quoi*?
– Le bois de chauffage : ça vous réchauffe avant même de flamber.
– Allons-nous travailler comme ça toute la journée?
– Seulement jusqu'au coucher du soleil.

Je soupirai.

- J'ai horreur de ça.
- Moi aussi.
- Vous aussi ?
- Ouaip.
- C'est pour ça que vous rigolez comme un bossu, sans doute ?
- Ce qui m'amuse tant, c'est de te voir trimer. Tu es tout mollasson, encore. Mais des journées comme celle-là te feront les biscotos, tu peux me croire.
- La belle affaire.
- Allez, assez discuté. Tout ce petit bois, là, tu vois, il faut l'empiler avec le reste. Tu fais ça proprement, au moins ?
- Oui. J'ai même remis droit ce que vous aviez flanqué n'importe comment.
- Parfait. En revenant, pendant que tu y es, rapporte donc cette scie passe-partout, tu sais, pendue au mur, à côté du tas de bois. Sous l'avant-toit.
- Laquelle ? Il y en a deux, des scies.
- Il n'y a qu'une seule scie passe-partout. C'est celle qui a une poignée à chaque bout. Tu dois la trouver, à moins d'être aveugle.

Je la trouvai sans peine, mais pris mon temps pour la rapporter. Toujours quelques minutes de gagnées pour mon pauvre dos, qui commençait à me tirailler.

- Et... je suis censé scier ce billot ? m'inquiétai-je.

– Pas tout seul. On va faire ça à deux.
– J'aime mieux ça.
– Tu vois bien que c'est l'outil des scieurs de long : il faut être deux hommes pour la faire chanter.
– Alors là, pardon. Nous ne sommes pas deux hommes, ici. Un et demi, tout au plus.

Il me jeta un coup d'œil.
– Baste ! un garçon qui abat le travail d'un homme ne tarde pas à en devenir un !

Ce disant, il plaçait les dents de la scie sur l'écorce du gros billot, et j'allai me poster en face de lui, de l'autre côté. Avant de me mettre au travail, je jugeai bon de défaire un peu ma chemise. Pas de danger de refroidissement, avec un pareil compagnon de travail.

Tenant sa poignée à deux mains, il tira la scie vers lui tandis que de mon côté, cramponné à la mienne, j'accompagnais le mouvement. Puis je tirai à mon tour. Et tentai de pousser en retour. Mais la scie se cabra, la lame prit une courbure douteuse, et le vieil homme se fâcha :
– Je tire, tu tires ; c'est tout. Il n'a jamais été question de pousser. A chacun son tour de tirer. Compris ?

J'acquiesçai, heurté dans ma dignité. Ce satané vieux je-sais-tout, avec son air d'en savoir toujours plus long que les autres ! Encore que sur les scies, bon, d'accord, peut-être...
– A toi. Tire !

Je tirai l'outil à moi, puis j'attendis sagement, cependant qu'à son tour il amenait la poignée de bois jusqu'au ras de son estomac. La scie mordit dans le bois sec. Sur le sol, près de mon genou, les feuilles mortes se poudraient déjà d'une fine sciure orangée. J'observai les mains du vieil homme : ses doigts se détendaient sur la poignée, lorsque venait mon tour de tirer. Il prenait un temps de repos entre chaque effort sur ses bras. Aussi m'efforçai-je de « faire pareil », comme il m'enjoignait de le faire.

Les dents de métal, peu à peu, mordaient plus profondément dans le bois. Quand le billot fut entaillé jusqu'à l'axe, Kirk marqua un temps d'arrêt pour s'essuyer le front d'un revers de manche.

– On retourne le billot?
– Ouais.

Et le travail reprit, monotone, jusqu'à ce qu'enfin, à ma grande joie, le tronçon à débiter se fût détaché du billot. Il ne faisait guère qu'une trentaine de centimètres de long. Fendu en quartiers dans le sens du fil du bois, il fournirait des bûches parfaites pour nourrir l'énorme poêle.

Un instant de répit. Je levai le nez. Là-haut, derrière la ramure des grands pins, le soleil d'avril poursuivait sa montée, et ses rayons obliques, filtrés par les aiguilles, se teintaient de transparences vertes.

– Je me demande quelle heure il peut être.

– Tu as un train à prendre? Tu t'en vas quelque part?
– Ça pourrait bien finir par arriver.
– Ecoute, mon gars. Ce n'est pas moi qui t'en empêcherai. Si tu te mets en tête de partir, je ne t'arrêterai pas. A la prochaine.
– Vous aimeriez bien que je m'en aille, n'est-ce pas?
– Que tu t'en ailles, ou que tu travailles. L'un ou l'autre.
– Travailler? A un dollar par mois? A trois *cents* par jour? persiflai-je.
– C'est le tarif. Un dollar, nourri, logé. Je ne te compte pas mon excellente cuisine, ni ce bon lit sur lequel tu as dormi cette nuit.

Je grondai à mi-voix. Sabbat Kirk, probablement, jubilait à l'idée de dormir dans un lit, quand moi j'avais droit au plancher pour tout matelas. Tout le plancher pour moi tout seul, il faut le reconnaître.
– Maintenant, je te dirai que si nous nous entendons bien, tous deux (je ne garantis pas que ce sera le cas), bref, si les choses vont bien entre nous, peut-être qu'on pourra te bricoler un lit.
– Ouais. Avec un rocher pour matelas, je vois ça d'ici.

Il sourit.
– Non, non. On pourrait même te mettre au point quelque chose de potable.

— Tu parles! raillai-je en essayant de recracher un petit éclat de sciure.
— Je suis né-natif du Vermont, Collin.
— Et alors? Qu'est-ce qu'ils ont de spécial, les gens nés-natifs du Vermont?
— Les gens du Vermont, quand ils disent quelque chose – qu'ils parlent blanc ou noir, peu importe – c'est du solide et du bien pesé, tu peux me croire. Ecoute. Entre toi et moi, y a pas besoin de se raconter des bobards. Tout ce que tu me diras, je le prendrai comme ça viendra, sans le tourner et le retourner, sans aller me demander si tu ne cherches pas à me faire avaler des bobards. Après tout, si tu es le fils de ton père, je pense que tu devrais pousser droit... Bon. Assez parlé. Marché conclu?
— Ça m'a l'air réglo, en tout cas.
— Bien. Alors, au travail.

Et le travail reprit, à la même cadence. Chaque fois que revenait mon tour, je tirais cette scie à moi, comme si ma vie en dépendait, sans trêve, et avec tant d'acharnement que j'avais l'impression que mes bras allaient s'arracher de mes épaules. La paume des mains me cuisait. Mais je m'étais juré solennellement que je ne broncherais pas. Enfin, tout de même, j'avais quinze ans, et lui peut-être soixante de plus : je n'allais pas déclarer forfait le premier!

Je guettais sur son visage d'éventuels signes de fatigue – était-il, ou n'était-il pas, aussi harassé

que moi? Il ne disait pas un mot. Il vous tirait cette scie, sans faillir, billot après billot, ne faisant halte que le temps de retourner chaque rondin à mi-coupe, ou de placer les dents de la scie, minutieusement, sur l'écorce intacte, avant de l'entamer à nouveau. Pour finir, c'est moi qui dus marquer un temps d'arrêt. Le souffle me manquait.
– On n'arrêtera donc jamais?
– Mais si, bien sûr, on arrêtera.
– Quand?
– Sitôt qu'on en aura terminé. C'est quand le travail est terminé qu'on s'arrête. Et pas avant. Ce n'est pas à la fatigue que se mesure le travail. Ce qui compte, c'est ce qui est fait. C'est tout.

À chaque mouvement de la longue scie, les mains me brûlaient un peu plus. Chacun de ces élancements douloureux manquait de m'arracher un cri. J'aurais voulu pousser des jurons, injurier le vieil homme, qui n'avait pas l'air de se soucier seulement de l'état de fatigue où nous étions tous deux. Et pourtant ses traits tirés commençaient à grimacer à chaque mouvement de la scie, et il me semblait bien que la lame grinçait beaucoup moins haut et fort qu'au début de notre travail.

Peut-être étais-je en train de devenir sourd? Ou complètement hébété?

Je tentai de fermer les yeux et de penser à autre chose. Collin Richardson Pepper, scieur de long. Mouais... Je faillis murmurer à mi-voix : « Collin Richardson Pepper, chouchou à sa môman... » Tiens, si Josh Witten pouvait me voir, en ce moment! Il n'y avait pas de papier blanc pour garnir mes tiroirs, ici, non! Mes vêtements étaient même encore entassés dans les deux valises – ils auraient l'air repassés de frais, après ça!

Puis je fis dériver mes pensées vers le triangle de couchant – Flèche-en-Flammes...
– Et voilà.

Je rouvris les yeux. Sabbat Kirk déposait la scie, tirait un mouchoir de sa poche. Il s'essuyait le front, méthodique. J'entrevis une chance de me venger.
– Eh, ce n'est pas encore le couchant! Et on n'en a pas terminé. Ne me dites pas que vous abandonnez, et que vous allez faire une petite sieste, tout de même!
– Ne fais donc pas ta tête de cochon, mon gars.
– Moi? Ma tête de cochon?
– Ouais. J'ai eu un mulet, dans le temps, il était teigneux, lui aussi. Je l'ai tué et je l'ai mangé. Seulement, même cuit, il était encore trop coriace à mastiquer.
– Je n'en crois pas un mot.
– Tu as bien raison. C'est un bobard que je viens juste d'inventer.

— Les gens du Vermont ne racontent pas de bobards.
— Ça dépend. Il y en a qui aiment bien monter des bateaux, de temps à autre... Par contre, si je te dis que j'en ai l'échine en marmelade, d'avoir manié cette satanée scie, là, tu peux me croire, ce n'est pas de la blague! Et toi? Comment te sens-tu?

J'optai pour la vérité.
— Pompé. Je blaguais, moi aussi, quand je parlais de continuer. En vérité, j'ai les bras en bouillie. En avons-nous fini pour aujourd'hui?
— Quasi.
— Qu'est-ce qu'il reste à faire?
— Encore une coupe, c'est tout. Après ça, il n'y a plus qu'à transbahuter ce qui reste et le placer sur le tas de bois. Et c'est terminé.
— Ouf.

Il tira une pomme de sa poche et me la tendit par-dessus le billot. Puis il en tira une autre pour lui-même. J'attaquai la mienne à belles dents.
— Elle est bonne?
— Fameuse, dis-je. Merci.
— Malheureusement, c'étaient les deux dernières. Faudra attendre octobre, à présent...

L'heure du souper vit revenir les haricots.

J'avais le bras si meurtri que c'est à peine si je pouvais élever ma fourchette à hauteur de ma bouche, chargée tout au plus de trois ou quatre haricots. Un haricot de plus, et mon biceps criait grâce. La vaisselle fut lavée à quatre mains, hanche contre hanche, dans un silence presque total.

Le vieil homme bâilla sans vergogne. Tool l'imita aussitôt, abusivement à mes yeux : elle avait passé le plus clair de sa journée à dormir.

Je sortis de la cabane pour aller soulager ma vessie, quelque part derrière un pin. Le temps de m'en revenir, et le vieux Kirk était en chemise, allongé sur sa couche et sous ses couvertures. Je m'effondrai sur ma litière de pin. Les rameaux et les aiguilles étaient moins durs que la veille. Tout mon corps, par contre, avait la consistance de la pierre. J'aurais aimé entendre dire, au moins, qu'aujourd'hui j'avais amplement gagné mon pain de maïs arrosé de miel et ma ration de haricots. Mais le vieil homme ronflait déjà

Et pourtant, dans l'obscurité, je ne pouvais me retenir de sourire. Pour la première fois de ma vie, j'avais trimé toute une journée. Ce soir, Mme Bunkum, je suis sûrement plus moulu que vous...

Chapitre 12

J'avais mal partout. Pourtant la tête fonctionnait bien, et j'avais le cœur en paix – un sentiment inhabituel, et que je ne me souvenais pas même d'avoir jamais connu. Ma couche avait beau n'avoir rien de moelleux, elle me semblait moins ferme que la veille; parce que mes membres courbatus étaient de leur côté plus fermes, sans doute?

J'enviais le vieux Kirk pour sa remarquable aptitude à sombrer dans le sommeil moins d'une minute après s'être effondré sur sa couche.

Vingt dieux! Quel monceau de bois nous avions scié, fendu, empilé, en l'espace de quelques heures! Combien de temps faudrait-il à l'énorme poêle pour dévorer tout ça? S'il me fallait revivre une journée comme celle-là, ma carcasse n'y résisterait pas... Et pourtant... Non, c'était faux. Elle devait pouvoir encaisser n'importe quelle corvée, n'importe lequel des travaux d'Hercule imaginés par le vieil ours.

Et tout ce travail-là, pour trois *cents*! J'en ris tout bas. J'étais plus riche que le matin même – plus riche de trois *cents*! Je faillis bien en rire tout haut, tant c'était grotesque.

Le soir même, à l'occasion du coude à coude de la vaisselle, j'avais demandé au vieux Kirk comment il gagnait sa vie. Il m'avait répondu qu'il était guide. Mais ça, je le savais déjà. Et je me demandais si les clients abondaient. Nous n'avions pas rencontré des quantités de chasseurs, la veille. Et Loomis Broom n'était certainement pas un client.

Je sentis monter un frisson. Je n'aimais guère songer à Loomis Broom.

« Comment va, Loomis? m'entendis-je l'aborder en imagination. Je m'appelle Collin Richardson Pepper, je viens de Greenwich, Connecticut. Mon père travaille à Wall Street. Bon. Il y a une chose que je voulais vous dire, mon vieux, c'est que j'ai l'intention d'apporter quelques petits changements à vos mœurs, dans le coin. Sans vouloir vous vexer, je n'approuve pas du tout certaines de vos règles de chasse, comme celle qui affirme, par exemple, que je n'ai pas le droit de tirer sur un lapin si votre chien court derrière... »

Il m'était facile, en fermant les yeux, de me représenter le chien noir de Broom. Je n'avais jamais vu un animal pareil. Ce qu'il vous faisait voir, lorsqu'il retroussait les babines, ce n'étaient pas des crocs de canidé, c'était une denture de requin. Une véritable machine à déchiqueter, à mettre en pièces.

Tout le contraire de Winnie.

Soudain, dans mon demi-sommeil, surgit l'image d'une bataille de chiens. Ils étaient deux : Winnie et l'autre – le grand noir. D'abord le grand noir feulait comme un fauve, et Winnie s'aplatissait de terreur. Pauvre vieille Winnie, que l'aspirateur suffisait à terroriser. Elle ne savait plus où se fourrer lorsqu'elle voyait Mme Bunkum empoigner l'engin redouté pour le promener de pièce en pièce.

Le grand chien noir avait-il jamais vu un aspirateur ?

Brusquement, il sautait à la gorge de Winnie – et cette vision, trop atroce, me tira de mon demi-sommeil, le cœur battant. Je m'obligeai à ouvrir les yeux et contemplai longuement, le regard fixe, l'un des murs nus de la cabane, tandis que l'image atroce s'effaçait peu à peu.

« Il faut que je dorme », me dis-je, mais mes pensées s'étaient remises à galoper.

Tool et le grand chien noir étaient en tout cas de sacrés chasseurs... A propos de chasseurs, quand donc viendraient-ils à la cabane, désireux d'acheter les services de M. Kirk? Les gens des villes venaient-ils chasser ici, en avril? Ce devait être rare. Le vieil homme m'avait bien dit que son travail était saisonnier. Des chasseurs en automne et des pêcheurs à partir de mai. Entre les deux, la clientèle était rare, affirmait M. Kirk lui-même.

Je me demandai soudain où il achetait ses provisions. Au rythme où j'engloutissais ses haricots, il nous faudrait bien prévoir un approvisionnement. Peut-être le vieux fou me confierait-il alors des sous pour aller faire les courses à sa place? S'il prenait ce risque, il ne nous reverrait pas, ni son bel argent ni moi-même. Envolés! Dites! Il me devait déjà beaucoup plus que trois *cents*, avec tout le boulot que j'avais abattu en une journée!

Et encore, non... L'idée ne me plaisait guère de voler ses trois malheureux sous au vieil ours. Tirer ma révérence passait encore. Mais emporter son pauvre magot – ce n'était tout de même pas glorieux...

Réapparut le lapin. Mon premier lapin. La détonation qui l'avait pulvérisé sous mes yeux résonnait encore à mes oreilles. Broom l'avait tiré à bout portant. En voilà un qui saurait défendre son bifteck, tiens, si l'envie prenait quelqu'un de le lui chaparder!

Je n'aimais pas beaucoup songer à ce qu'il eût sans doute fait de moi si le vieux Kirk n'était arrivé à temps, l'avant-veille. Kirk n'avait pas l'air de le craindre, ce Broom. Pas un tremblement de la voix, pas un battement de cils en trop. Il avait du sang-froid, l'animal. Moi, je l'avoue, j'avais joliment eu la pétoche, mais lui non. Pas facile à effaroucher, Sabbat Kirk.

« Non, me dis-je résolument tout bas, je ne lui piquerai pas son oseille. Jamais. Même si ça veut dire que je ne pourrai pas me barrer. Je ne suis pas un voleur. »

Et lui, me ferait-il confiance? Prendrait-il le risque de me confier quelques dollars, avec pour mission de rapporter trois kilos de maïs et six de haricots? Eh bien, s'il osait le faire, il aurait une belle surprise : parce que je reviendrais, mais oui, avec ses stupides emplettes.

Au fond, cela lui ressemblerait assez, tiens, ce genre de mise à l'épreuve.

« Eh non, si tu fais ça, mon vieux Kirk, me dis-je, tu n'auras pas la joie de raconter à Papa que tu t'es débarrassé de moi pour quelques misérables dollars. »

Mais n'étais-je pas en train de devenir une pauvre lavette? Non. Etre honnête, ce n'est pas forcément être une lavette. Mon père affirmait que les criminels étaient d'abord des faibles, et quelque chose me disait qu'il n'avait pas tout à fait tort.

Plusieurs des types de mon âge que je connaissais, à Greenwich, faisaient des trucs vraiment forts de café. Entrer par effraction dans des petites boutiques, la nuit, par exemple, et, s'ils ne trouvaient rien dans le tiroir-caisse, saccager tout le magasin, tout arracher, tout mettre en pièces; réduire à rien, en quelques minutes, ce qui représentait pourtant le gagne-pain de quelqu'un.

Le pire, c'est qu'il ne s'agissait pas forcément d'enfants de familles sans le sou. La plupart d'entre eux appartenaient à des familles ordinaires, voire aisées, dans lesquelles on ne manquait de rien. Comme la famille Hannefort, par exemple.

Je n'avais jamais compris comment Bucky Hannefort avait pu devenir ce qu'il était devenu. Il volait des bicyclettes, par exemple. Et puis, un jour, pour se procurer de l'argent facile, il avait attaqué une station-service. Et assommé le pauvre vieux qui était de garde. Je lui avais demandé, plus tard, pourquoi il avait fait ça.

« Oh, comme ça, pour le frisson. »

Le frisson?

Et moi, parce que je me trouvais non loin, à deux ou trois immeubles de là, les flics m'avaient embarqué aussi. Tous les deux, ils nous avaient embarqués. Moi, je ne savais même pas ce que Bucky avait fait, il ne m'avait pas dit ce qu'il avait l'intention de faire. Il m'avait seulement dit : « Reste ici, bouge pas, je reviens en moins de deux. »

Et c'est comme ça que je m'étais fait embarquer moi aussi.

Les flics avaient téléphoné à Papa, et il était venu me chercher au commissariat. J'avais bien expliqué, en long, en large et en travers, que je n'étais pour rien dans l'affaire. L'un des flics, il me semble, avait bien voulu me croire. Mais le gros, sûrement pas. Il aurait largement préféré, c'était visible, pouvoir me coincer aussi.

Quel cauchemar! Et Buck qui plastronnait, comme un vieux malfrat après un haut fait. Moi, j'avais du mal à ne pas pleurer, comme un petit garçon que j'étais.

Le pire, c'est que le vieux gardien de la station-service souffrait quand même d'une fracture du crâne, et qu'il avait fallu l'hospitaliser. Et l'entreprise qui l'employait, par-dessus le marché, n'avait pas voulu le reprendre : dame, il était trop âgé pour les gardes de nuit, la preuve!

J'avais refermé les yeux. L'image s'imposa à moi, soudain, du vieux Kirk en train de se faire assommer par Bucky Hannefort. Je le voyais s'écrouler – j'en fis un saut de carpe sur mes aiguilles de pin, tendu, prêt à me battre. Je me voyais déjà brandir le poing en direction de Hannefort.

– Suffit, dis-je tout haut, dans l'espoir d'arrêter cette stupide machine à cauchemars. Pourquoi tant penser? Et si peu agir?

Le plus étrange était qu'au fond je ne le détestais pourtant pas, ce pauvre Bucky Hannefort. Il n'était d'ordinaire pas méchant – si l'on excepte ce soir-là. Peut-être cherchait-il seulement à attirer l'attention sur lui – et avait-il choisi le pire moyen de le faire ? En un sens, d'ailleurs, il était parvenu à ses fins : le *Times* de Greenwich n'avait pas mentionné son nom, dans son exposé des faits, mais tout le quartier était au courant. Buck n'avait écopé que d'une mise à l'épreuve, sous la garde de ses parents.

Ce n'était pas beaucoup – pas assez. Bucky lui-même le disait. J'avais l'impression qu'il était déçu de n'avoir pas eu droit à une peine plus sérieuse.

Peu après, les Hannefort avaient quitté Greenwich pour Chicago. Et je n'avais plus revu Bucky. Je lui avais envoyé une lettre, à laquelle il n'avait pas pris la peine de répondre. Tant pis. Je ne regrettais pas de lui avoir écrit. Il me semblait que c'était une chose à faire. Je lui disais, dans cette lettre, d'essayer de repartir à zéro, puisqu'il le pouvait.

Moi, personne ne m'avait fait de reproche. Sauf moi-même. Je me disais que j'aurais dû me douter, ce soir-là, que Bucky mijotait quelque chose de grave. Et que peut-être j'aurais pu l'arrêter. Peut-être. Pas sûr.

Je me retournai une fois de plus sur ma couche de ramilles de pin. Oublier Bucky Hannefort. Essayer de dormir.

Sur son lit, à l'autre bout de la pièce, le vieux Kirk avait poussé un gémissement dans son sommeil. Je me demandai tout à coup ce qu'avait pu être son enfance, et quelles sortes de souvenirs venaient affleurer dans ses rêves.

Mon estomac, qui ne dormait pas plus que moi, crut bon de coasser de faim. A la maison, lorsque j'avais un « creux » aux environs de minuit, je descendais l'escalier à pas de loup et, dans la cuisine, m'éclairant seulement de la lumière du réfrigérateur, je faisais main basse sur quelques denrées comestibles. A ces actes de piraterie se limitait mon passé de cambrioleur : des razzias nocturnes dans le réfrigérateur.

Malheureusement, ici, la chose était exclue. Mes gains ne comprenaient rien d'autre que les trois *cents* promis, plus ce que le vieux Kirk mettait dans mon assiette. Et je n'aimais pas beaucoup l'idée de dévaliser ce pauvre Kirk pour un simple gargouillis d'estomac.

Le réfrigérateur qui s'éclaire. Le lait, les œufs, le jambon. Tout de même, là-bas, à Greenwich, je ne connaissais pas mon bonheur...

Je me retournai sur la hanche. Qu'avaient-ils mangé, eux, là-bas, ce soir, au dîner? Des côtes d'agneau? Avec plein de gelée de menthe? Ce que j'adorais me confectionner, c'était un sandwich de beurre de cacahuètes, surmonté d'une belle couche de gelée de menthe – tout ce que je pouvais y faire tenir de gelée de menthe. Sûrement pour plus de trois *cents* de gelée de menthe...

Arriverai-je à tenir, ici?

Mais cesse donc de te torturer la cervelle, Pepper. Dors!

Chapitre 13

— Il neige.

J'ouvris les yeux. Sabbat Kirk était debout, en chemise. L'une de ses chaussettes avait un trou, par où sortait son gros orteil. Debout devant la porte ouverte, il regardait au-dehors.

— Il a neigé, cette nuit, dit-il. C'est tout blanc.

Peu m'importait si tout le Vermont disparaissait sous une couche de rose ou de mauve, ou s'il disparaissait tout court. J'étais tellement endolori de partout que je n'osais même pas remuer. Pourtant mon estomac grondait famine.

— Que mangeons-nous? m'informai-je.

— Je n'en sais rien encore, vu que c'est ton tour de faire le cuistot.

— Moi?

— Oui, toi. Ce n'est tout de même pas que tu t'imagines, avec la pente de gosier que tu as, que ce sera moi qui ferai tout ? Il faut que tu apprennes, de toute façon.

Je tentai de m'asseoir, et un grognement m'échappa. Tool grogna en écho. Elle avait passé la nuit dehors, et venait de se pelotonner sous le lit de son maître.

Il se tourna vers moi.
— Eh bien, qu'est-ce qui t'arrive ?
— Mal partout.
— Ecoute, si ça peut te mettre du baume au cœur, moi aussi. Nous avons coupé du bois pour plus d'une semaine, hier, toi et moi, si tu veux savoir.
— En ce cas, aujourd'hui, repos!

Il eut un grognement de protestation.
— Riche idée. Avec des haricots pour tout potage. Ah non! Moi, j'en ai soupé, des haricots! Je n'ai quasiment rien avalé d'autre de tout l'hiver, et nous voilà presque au printemps.

Je tâchai de m'extraire de mon sac de couchage, et me traînai jusqu'à l'évier pour jeter un coup d'œil à la lucarne. Monts et vallées étaient enfouis sous un manteau de poudre blanche. Dans le sous-bois, rien ne bougeait. Paysage en syncope, inerte, inanimé. Je réprimai un frisson. La journée commençait bien! Que l'air semblait donc glacé, dehors, derrière les cristaux de givre qui ornaient la vitre! Et l'éclairage était lugubre; il faisait presque aussi sombre dehors qu'à l'intérieur de la cabane.

– Brr, ce qu'il fait froid, ici! m'écriai-je.
– Et si tu remontais le feu, au lieu de gémir?

Je soulevai une plaque du poêle et jetai un coup d'œil à l'intérieur. Mais il n'y avait rien à voir, rien que des cendres grises, froides.
– Il est éteint.
– Mais non. Il couve. Ranime-le.
– En quoi faisant?
– Commence par relever la manette d'arrivée d'air – elle est sur le ralenti. Ensuite, tu tisonnes les cendres, pour les faire respirer, et tu vas voir que ton feu est là, prêt à repartir!

Je fis comme il disait. Le feu n'était pas mort, en effet, mais seulement endormi.
– Bon, et maintenant?
– Tu as des braises bien rouges? Alors, ajoute un peu de petit bois... Non, imbécile, pas des gros quartiers comme ça! J'ai dit du petit bois.
– Eh bien, vous ne vous êtes pas levé du bon pied, on dirait.
– Le matin ne me réussit pas.
– Ah bon, pourquoi?
– Mes douleurs. J'ai des rhumatismes, et c'est toujours matin que ça tire le plus. C'est comme si la nuit me transformait en pierre.

Il frottait l'une dans l'autre ses pauvres mains raidies. Tool le regardait faire, sans le quitter des yeux – peut-être savait-elle qu'il souffrait? A deux ou trois reprises, elle gémit doucement, comme si la douleur de son maître la mettait en peine,

elle aussi. J'en éprouvai soudain l'envie de la caresser.
- Bon, alors? me bouscula le vieil homme. Ne reste pas là planté, à bayer aux corneilles. Prépare-nous quelque chose à croûter.
- Avec quels ingrédients? demandai-je.
- Regarde voir derrière le poêle. Tu ne vois rien de suspendu, là-derrière?

Je jetai un coup d'œil derrière le poêle monumental.
- Si, si, il y a quelque chose.
- Et qu'est-ce que c'est?
- Une vieille chaussette à vous, sauf erreur? Vous la voulez bouillie, sautée ou fricassée?

Il ricana, irrité.
- Très drôle. Rien d'autre?
- Non.
- Cré bon sang, j'aurais pourtant mis ma main au feu que j'avais suspendu de l'écureuil à sécher, là-derrière. Mais j'ai dû... (Il se tourna vers la chienne, sévère.) Dis donc, Tool, c'est toi qui as volé la viande que j'avais mise là, à fumer?

Tool leva de grands yeux vers le vieil homme et, l'espace d'une seconde, je crus qu'elle allait parler. Qu'elle allait passer aux aveux complets. En tout cas, si c'était bien elle qui avait fait disparaître cet écureuil desséché, je lui devais une fière chandelle, car je ne me voyais guère avaler de ce genre de barbaque. De l'écureuil,

beuh... Fallait-il avoir faim, tout de même! Notre femme de ménage, à Greenwich, appelait les écureuils les « rats sauteurs ».
— Eh bien, mon garçon, faut croire que ce sera encore des haricots ou du pain de maïs. L'un ou l'autre. Pour moi, c'est du pareil au même.
— Pour moi aussi.
— Eh bien, écoute donc : prenons les deux.
— Les deux à la fois?

Ainsi fut fait. Et le mélange passa fort bien, accompagné de bols fumants de mon abominable café, « pour faire descendre ». J'avais faim, et le seul fait d'avoir à manger m'inondait le cœur de reconnaissance. Pour la première fois de ma vie, j'avais envie de remercier le ciel pour un repas, pour le simple fait d'avoir quelque chose à me mettre sous la dent...

Tool eut droit à sa ration de la même mixture, qu'elle happa gloutonnement. Décidément, elle m'étonnait. Winnie, à la maison, était si difficile! Un jour, elle tordait le nez sur ses croquettes, le lendemain c'était sa pâtée qui ne trouvait pas grâce à ses yeux. Alors que cette brave Tool avalait tout et n'importe quoi, d'un air de profonde gratitude. Sa queue nous disait sa joie.

Je me repris à songer à Mme Bunkum. De quoi nourrissait-elle ses cinq lardons? De haricots et de pain de maïs? Le souvenir me revenait de tout ce que Maman nous servait à la même heure, dans sa belle vaisselle blanche, à la mai-

son – et dont j'abandonnais le plus souvent une bonne partie dans mon assiette : du bacon frit, des kilomètres de saucisse, des gaufres dégoulinantes de sirop d'érable, du beurre fondu... Et puis de grands verres de jus d'orange et de lait froid...
– Brave bête, Tool. Tu es belle, m'entendis-je déclarer avec chaleur.

Elle tourna vers moi, en silence, ses yeux bruns.

« Que sais-tu de moi, Tool ? me demandai-je. Je parie bien que ça ne t'impressionne guère, de savoir que je viens de Greenwich, Connecticut, et que mon père est honorablement connu à Wall Street. Dis ? »

Sans trop réfléchir, je me penchai vers elle.
– Ne la touche pas.
– Non, non. Simplement, j'aimerais bien savoir quand je pourrai la caresser.
– Oh, c'est elle qui te le fera savoir.
– Comment ?
– En venant vers toi. D'elle-même. Ce n'est pas à toi de lui faire des avances. Surtout pas. Laisse-la venir à toi – et quand elle le fera, ne t'avise pas de la toucher encore.
– Mais qu'est-ce que je devrai faire, alors ?
– Rien. Quand elle viendra vers toi, laisse-la te flairer tout son content, laisse-la faire ce qui lui chante. Après ça, tu peux me croire, tu auras le droit de la caresser tant que tu voudras.

— Winnie me manque. C'est ma chienne, à la maison. Mais elle ne s'est jamais tellement préoccupée de moi, elle non plus, je dois dire.
— Ah, ah?
— Les animaux ne m'aiment pas beaucoup. Ils n'ont pas l'air à l'aise avec moi.
— Tu trouveras bien un jour pourquoi, déclara Kirk.
— Oh, je le sais déjà.
— Ouais?
— Je pense que mon père a raison : c'est que je ne suis pas tellement à l'aise avec moi-même, moi non plus.

Il enfilait sa pelisse élimée.

— Te sentais-tu un peu plus à l'aise, hier soir, à l'heure de te mettre au lit?
— Un peu, avouai-je.

Comment pouvait-il le savoir, le vieux renard?

— Fais voir un peu tes mains.

Je lui montrai mes paumes.

— Pleines d'ampoules, commentai-je.
— Ça fait mal?
— Oui, et pas qu'un peu, si vous voulez savoir. J'espère bien qu'on ne coupera pas de bois aujourd'hui.

Il marmonna quelque chose et, toujours marmonnant, il se mit en devoir de vider tour à tour plusieurs vieilles boîtes à café, pleines d'un fatras d'objets divers. Il trouva enfin ce qu'il cherchait.

Une aiguille. Je le vis l'avancer dans le feu, puis la refroidir rapidement dans un verre d'eau.
– Qu'allez-vous faire?
– Crever tes ampoules.
– Hé, ça ne va pas faire mal, au moins?
– Uniquement si tu fais le bébé, et que tu te fourres dans le crâne que ça va faire mal. Donne-moi ta patte.

Il planta la pointe de l'aiguille dans la plus grosse des ampoules, et de l'eau en jaillit. Je m'attendais à souffrir le martyre – et ne sentis à peu près rien. Il continua, sans mot dire, de crever méthodiquement les petites bulles qui s'étaient formées à l'intérieur de mes deux mains.
– Voilà, déclara-t-il enfin. Tu vois, Tool, ma belle, ça, c'était du travail d'infirmier. A ton avis, notre patient s'est-il comporté honorablement?

Tool remua la queue d'un air résolu.
– Bien. A présent couvre-toi, mon gars. (Il décrochait son fusil.) Nous allons faire notre marché, si tu m'en crois. Parce que les haricots et moi, nous ne nous entendons plus guère.

Il jeta un coup d'œil à la fenêtre.
– On va à la chasse?
– Ouaip. Quelque chose me dit qu'il y a des traces toutes fraîches, par là-bas, pas loin. Et ce ne sont pas des traces de lapin.
– Ah bon, des traces de quoi, alors?
– Oh, de *queue-blanche*, probablement.

Chapitre 14

Il devait bien être tombé deux ou trois centimètres de neige.

Nous n'avions pas fait trente pas que déjà Kirk se penchait pour examiner des empreintes dans la neige. A l'est, le soleil était en train d'apparaître, et de minute en minute la lumière croissait.

« Un *queue-blanche*, qu'est-ce que c'est? » avais-je été tenté de demander. Mais je n'avais pas osé. Me penchant à mon tour à côté du vieil homme, j'examinai les empreintes. C'étaient des marques de sabots, délicatement imprimées. Chaque empreinte était double et symétrique, formée de deux demi-lunes accolées, taillées en pointe vers le haut, en arrondi vers le bas.
– Un cerf..., hasardai-je au petit bonheur.

Il ne s'agissait pas d'une vache, c'était la seule chose certaine.

Kirk, pensif, approuva du menton.

– Mais je croyais que chasser le cerf n'était autorisé qu'en automne? En ce moment, c'est interdit : on est en avril.

Sabbat Kirk cracha par terre.

– Interdit? La seule loi qui compte, c'est celle du Bon Dieu, qui nous a mis la faim au ventre. Tout le reste, moi, je m'en moque.

Je décidai de ne plus évoquer devant lui les règlements de chasse ou autres textes de loi. Peut-être était-ce là ce que mon père voulait dire, quand il avait parlé d'école de droit? Pour ce qui est d'apprendre, en tout cas, j'apprenais. Avec plus de réticence que jamais. J'avais le dos en capilotade, en souvenir de la veille.

Puis, d'un coup d'œil par-dessus l'épaule, j'entr'aperçus notre tas de bois, toutes ces bûches bien rangées que j'avais empilées moi-même, sous la direction de M. Kirk. Je me décernai sans fausse modestie un brevet de satisfaction. Mais tout de même, mes mains et mon dos le payaient cher! Tout ça d'ampoules et de courbatures pour trois *cents*...

Tool flairait la piste, l'air vivement intéressée. Puis elle leva les yeux vers son maître. Elle attendait l'ordre qui n'allait pas manquer de suivre.

– Un cerf, ma belle, lui dit Kirk. (Il se tourna vers moi, brièvement.) Elle le sait mieux que nous, d'ailleurs. (Il lui caressa la tête, deux ou trois fois.) En route, Tool! Emmène-nous. Montre-nous où il est! Nous te suivons.

D'une tape amicale sur le flanc de la bête, il lui donna l'ordre de passer à l'action. Elle s'élança, au petit trot, et la neige fraîche se mit à voltiger sous ses pattes de derrière.
- Allez viens, mon gars.
- Où ça?
- On verra bien.

Il ouvrit le Purdey d'un coup sec, y logea une cartouche verte.
- Ça, tu vois, c'est une chevrotine. C'est pour le gros gibier... Ah, pour quelqu'un qui chasse pour garnir la marmite, un bon vieux Purdey, y a que ça de vrai. Parce que avec ça tu peux tirer n'importe quoi – le cerf comme le lapin, l'élan ou le souriceau. Suffit de changer de cartouche.
- Oui, mais un cerf, ça file, non? Comment faire pour le rattraper?
- Pas besoin de le rattraper. Tool saura bien le rabattre sur nous, va! Nous n'aurons qu'à faire le guet, et à prendre patience.
- Et puis, on n'a droit qu'à un coup, avec cet engin-là.
- Sûr, mais laisse-moi te dire, le premier coup est toujours le meilleur. Je dirai même que, pour le cerf, le premier coup est le seul. Un fusil à répétition, si tu veux mon avis, ça ne sert qu'à faire un peu plus de potin, c'est tout. Les balles en plus vont dans le décor.

– C'est moi qui tirerai.
– Ouais. Et vive les haricots!

Je ne goûtai pas du tout cette forme d'humour insultant.

– Autrement dit, je suis sûr de le manquer?
– Sûr, non. Mais le risque est grand. J'ai peut-être un peu plus de chances de viser juste. Du moins, c'est ce que je pense. Il faut se dire que nous n'avons droit qu'à une balle pour deux – c'est ça ou les haricots. Alors je pense qu'il vaut mieux que ce soit moi qui tire.
– Où allons-nous, là, au juste?
– Oh, pas bien loin, sans doute. Tu as vu cette piste comme moi : plus récente que de la peinture fraîche. Et ces crottes, tu les as remarquées?
– Ah non.
– Moi, si. Toutes chaudes, qu'elle étaient : elles fumaient encore. Je n'avais pas les yeux dans ma poche, moi, pendant que tu étais occupé à admirer ton beau tas de bois.

Je haussai les épaules.

La neige poudreuse crissait sous ses bottes.

– Va falloir que tu apprennes à regarder devant toi, mon gars! Il ne faut pas passer trop de temps à admirer le travail de la veille : celui du jour est là, qui attend.
– D'accord.
– Hier, c'était hier, tu comprends. Et la réserve de bois est là pour prouver que la journée n'a

pas été perdue. Que tu as fait du bon boulot. Mais aujourd'hui, nous chassons le cerf. Alors oublie la hache et la scie, et tes courbatures par-dessus le marché. Je suis plus courbatu que toi, dis-toi bien, et avec des rhumatismes en prime. Mais tout ça, il faut l'oublier, et ne plus penser qu'à ce cerf.
– Je n'entends Tool nulle part.
– Tu ne l'entendras pas du tout. Elle le rabattra sur nous sans aboyer, rien qu'à l'odeur. Les odeurs et le vent, elle connaît. Le cerf aussi. Elle va le contourner, et se débrouiller pour qu'il la sente venir – oh, comme ça, juste un peu – et qu'il fasse demi-tour sans s'affoler, tout doucement. Tu penses bien qu'il n'est pas question qu'elle le fasse revenir sur nous au grand galop. C'est pour le coup que nous n'aurions pas seulement le temps d'en voir la couleur qu'il nous serait déjà passé dessus!
– Et le garde forestier? Vous n'avez pas peur qu'il nous prenne sur le fait?
– Bah, le garde? Je le connais, celui-là! Il vient me voir à la cabane chaque fois qu'il a perdu son chemin.
– Oh! ce n'est pas que vous vous figurez que je vais avaler ce genre de blague? Je n'en crois pas la moitié.

Il me fit un clin d'œil.
– Tu n'en crois pas la moitié? Si tu avais un brin de cervelle, tu n'en croirais rien du tout.

Il m'agaçait, à la fin, à vouloir sans cesse m'emmener en bateau! Je me pris à espérer le voir trébucher sur une racine et se tirer une balle dans le pied, mais les chances étaient minces. D'abord, il avait certainement mis le cran de sûreté. Et il regardait bien où il mettait les pieds. Il était de ceux, décidément, qui savent toujours très exactement ce qu'ils sont en train de faire. Et qui ont même leur petite idée sur ce qui se passe dans la cervelle du voisin. L'animal. Je tentai de me consoler en songeant que s'il était peut-être un grand chef ici, sur le flanc de ses montagnes, à Greenwich personne ne songerait à lui accorder un second regard. Ou alors, au contraire, tout le monde se retournerait sur lui – pour ricaner.

– Nous y voilà, murmura-t-il à mi-voix.

Nous venions de pénétrer dans un bosquet de bouleaux blancs. Les arbres étaient nus, hérissés comme des rince-bouteilles, plus hirsutes et dépouillés que la tête d'un balai de sorcière. De l'écorce blanche des troncs jaillissaient çà et là, noirs et cassants, des rameaux raides. Machinalement, j'en détachai un.

– C'est ici que nous allons nous poster?

Kirk acquiesça.

– Tool va nous le faire revenir par là.

– Dans combien de temps?

– Impossible à prévoir. Dans une minute, ou dans une heure. Elle fait son boulot à son rythme à elle, inutile de la bousculer. Un chien sait ce qu'il doit faire. Au chasseur et à son fusil d'être prêts.

Il s'accroupit au pied d'un énorme bouleau et me fit signe de l'imiter. Je m'installai donc à croupetons, remarquant tout à coup le long couteau que Kirk portait à la ceinture. J'en voyais dépasser le fourreau, pareil au croc d'un vieux dragon, sous l'ourlet élimé de sa veste à la couleur indéfinissable. Le cuir qui protégeait la lame avait pris, avec l'âge, une teinte indécise, une sorte de brun sombre et profond.

– Et maintenant, silence, mon gars. A partir de maintenant, plus un mot.

« Compris », mimèrent mes lèvres en silence.

Je prêtai l'oreille, fermant les yeux comme mon compagnon, attentif à détecter le plus ténu, le plus lointain des sons. Attendre. Attendre encore. Attendre...

Je n'avais certes pas prémédité de m'endormir. C'est pourtant ce qui m'arriva. Et la violente détonation du Purdey me prit de court, si brutalement que je crus que mon cœur avait cessé de battre.

J'ouvris les yeux d'un coup. Le vieil homme s'était relevé, il se ruait à travers les troncs. Tool avait poussé un jappement. Un seul.

– Viens vite, mon gars!

Il se tourna vers moi pour me jeter dans les bras, d'autorité, le lourd fusil fumant encore. Je

refermai les mains dessus, et mes paumes gelées faillirent le lâcher, sous le coup d'une douleur cuisante. Le métal du canon était de glace et de feu. Devant nous, j'entendis Tool, qui grondait rageusement. Et des bruits de broussaille écrasée.
– Tiens bon, Tool!

Les petits nuages de vapeur qu'émettait devant moi le vieux Kirk, dans l'air glacé du matin, se faisaient de plus en plus poussifs et rapprochés. J'entendais sa respiration se faire plus sifflante encore au fur et à mesure qu'il progressait, courant tant bien que mal entre les troncs. Les rayons du matin teintaient d'or et d'argent la neige duveteuse. Je vis luire la lame du couteau que le vieil homme venait de sortir de son fourreau. Là, à quelques pas, gisait une forme immense. Un animal était tombé.

Le cerf lançait à Tool de furieuses ruades en rafales. La chienne tenait dans sa gueule l'une de ses pattes de derrière. Des gouttelettes de sang volaient en l'air, et la neige alentour s'imbibait d'un cercle rouge. Je ne savais que faire, ni ce que j'étais censé faire. Je vis Kirk s'élancer sur la bête, je vis Tool recevoir un méchant coup de sabot, sans d'ailleurs lâcher prise pour autant. Je la vis recevoir un second coup de sabot.

Se protégeant, d'un bras replié, des coups de boutoir désordonnés des andouillers, le vieil homme s'élança pour ouvrir la gorge du cerf. Le couteau manqua son coup. Mais le second coup

fut suivi d'un torrent de sang coulant à gros bouillons. Les ruades alors se firent plus molles, jusqu'à n'être plus que les soubresauts tremblants d'une bête en train de mourir.
– Bien, Tool! Bien, ma belle.

Les dents de la chienne n'avaient pas lâché la patte maigre.
– Monsieur Kirk... s'il vous plaît...

Il n'entendait pas.
– Monsieur Kirk... je... ça ne va pas du tout...

J'appuyai tant bien que mal le Purdey déchargé contre la fourche d'un arbrisseau, avant de m'effondrer sur les genoux, sans pouvoir détacher mon regard des yeux bruns immobiles de la bête mourante. Ces yeux me regardaient, pénétrants, comme s'ils cherchaient à me dire qu'ils savaient à présent ce qu'est un coup de fusil, ce qu'est une lame de couteau, ce qu'allait être la mort.

Le vieil homme se tourna vers moi et me jeta au visage une poignée de neige fondante.

Mais cela ne servit à rien.

Je serrai sur mes yeux mes paupières brûlantes. Oh, n'être pas ici! Oh, me réveiller dans mon lit, après le pire des mauvais rêves! Maman allait venir et me dire de me lever.

Alors, dans un spasme, tout mon être révulsé, je vomis en une longue giclée, dans la flaque de neige et de sang, mes haricots et mon pain de maïs.

Chapitre 15

- Allons, debout!
- Je ne crois pas pouvoir y arriver.

Il me donna un coup de pied.

- Ce que tu crois ou que tu ne crois pas, moi je m'en moque! Je te dis de te relever, et plus vite que ça. Il faut que tu m'aides à suspendre cette bête.
- Non. Je ne le ferai pas.

D'une main ferme et mouillée, il m'assena une bonne gifle.

- Ou bien tu me donnes un coup de main, ou bien tu n'auras pas une miette de cette viande. Au choix.
- Oh! que je suis malade, malade!
- Malade! grommela-t-il, indigné. Tu es bougrement moins malade, cré bon sang, que la bête

qui est couchée là. Et moi je me suis tordu la jambe, mon gars. Et ma chienne est blessée. Alors, debout. Empoigne-moi un de ces bois, et tire avec moi. Ou sinon, je te garantis, je te botterai les fesses jusqu'à la nuit noire.

Tool eut un bref gémissement. Son oreille droite était profondément entaillée, et un filet de sang, têtu, dégoulinait sur son poil et s'étalait sur sa collerette de fourrure blanche.

– Bon sang, Collin, gronda le vieil homme, y a pourtant pas besoin d'être bien futé pour voir que tu es le seul à ne pas être amoché, ici. Ma jambe ne s'en remettra pas toute seule, Tool a reçu des coups de sabots à s'en faire arracher l'oreille, quant à l'autre, là, il est mort et bien mort.

– Je ne crois p...
– Tire!

Je refermai les yeux. L'odeur fade du sang se mêlait à celle, aigre à vous lever le cœur, de mon propre vomi. J'empoignai un andouiller à l'aveuglette et tirai d'un coup sec. Le bois du cerf était rêche et grenu au toucher. Puis je rouvris les yeux. Le vieux Kirk tirait de son côté, le visage tordu sous l'effort et la douleur. Il s'efforçait de faire porter tout son poids sur sa jambe valide, et je remarquai que de sa main libre il semblait chercher à se tenir le ventre.

– Tiens, Collin, retire ta ceinture.
– Pour quoi faire?

– Dépêche-toi donc! Et attache ces andouillers à une branche.
– Laquelle?
– N'importe – la plus haute que tu puisses joindre et faire plier. Il faut accrocher ça le plus haut que tu pourras.

J'obtempérai de mon mieux. Non sans mal, suivant à la lettre les ordres qu'il m'aboyait aux oreilles, je l'aidai à suspendre le cadavre de l'animal. Kirk soufflait comme un bœuf, à bout de forces. Il s'assit, me lança le couteau.
– Allez, maintenant, tu le dépouilles.
– Qui, moi?
– Oui, toi, monsieur Bonne-Fourchette. Bon sang, j'aimerais bien rencontrer tous ceux qui ont fait pour toi le travail de boucher, durant ces quinze dernières années. Et ceux qui t'ont torché le derrière, quand tu étais trop petit pour le faire. Qui donc es-tu, j'aimerais le savoir, un grand-duc ou un empereur, pour échapper aux basses besognes?
– Ce n'est pas ça, c'est que...
– C'est que, c'est que – mon œil! Tu n'es pas un de ces végétariens dont on parle à c'te heure, que je sache, hein? Tu as l'intention d'aller paître dans les prés avec les vaches, maintenant, 'ce pas? Tu ne brouteras plus que des pâquerettes?
– Non.
– Bon, alors tu dépouilles cet animal, et tu le fais vite, et proprement. La dépouille des cerfs

contient des tonnes d'odeur, et la viande a vite fait de puer comme le diable. Commence par lui ouvrir la gorge, avant que la viande de l'encolure tourne à l'aigre.
– Je vais essayer.
– Tu ne vas pas essayer, tu vas le faire.

C'est donc moi qui dépouillai le cerf et le vidai.

La besogne me prit toute la matinée, mais je la menai à bien, sous l'œil vigilant du vieux Kirk qui ne quittait pas mon couteau des yeux, assis par terre avec sa jambe tordue, sa chienne blessée couchée près de lui. Il me disait où planter ma lame, et je coupais. A plusieurs reprises, par maladresse, je plantai la pointe de mon couteau dans les intestins de la bête, et l'odeur putride alors me submergeait, envahissant ma bouche et mon nez de la puanteur étourdissante de l'excrément mort.

Pas une seule fois je ne m'arrêtai. Je tentai pourtant, une fois, de lancer à Tool une bribe de ce qui me semblait être un fin morceau de venaison crue. J'eus le cœur serré de la voir le renifler, puis détourner la tête. Lentement je dépouillai la bête de sa fourrure encore chaude et lui vidai les entrailles, détachant les organes un à un. Le plus dur fut encore d'arracher le gros intestin et de découper l'anus. Enfin tous les déchets formèrent un tas à part, fumant encore dans la neige imprégnée de sang.

– Terminé.
– Eh bien, ce n'est pas trop tôt. Si ça se trouve, on est presque en août et ma barbaque va être foutue.
– Hé là, doucement, s'il vous plaît!
– Quoi, doucement? Quelque chose qui te déplaît?

Il était toujours assis, et levait sur moi un regard interrogateur.

– Oui, quelque chose qui me déplaît, et je vais vous le dire, moi. C'est peut-être *votre* cerf, monsieur Kirk. Et votre fusil, votre chien, votre cher couteau, votre sacrée forêt. Mais c'est *ma* viande.
– Tiens donc!
– Parfaitement, et je ne plaisante pas. Elle est à moi pour la moitié. Et à partir de maintenant (je m'essuyai rapidement le front, moite de sueur et de sang), je défie Loomis Broom de venir y toucher. Il trouvera à qui parler. Et c'est moi qui aurai le dernier mot.

M. Kirk leva les sourcils.

– Ah bon?
– Oui, c'est comme ça, monsieur Wishbone Kirk. Et je vais vous dire, aussi : vider cette bête, ce n'était pas marrant – c'est un truc dont j'ai horreur. Mais ce qui me fait encore plus horreur, c'est vous, oui, vous. Et je me moque éperdument de ce que vous pouvez penser de moi.
– Tu n'en sais rien, de ce que je pense de toi.

— Je n'en sais rien, et je m'en moque. Par contre, si vous me donnez encore un seul coup de pied, quelle qu'en soit la raison (je pointais le couteau vers lui), c'est vous que je transforme en barbaque, et vite fait, encore!
— Hé?
— Ouais. Je veux bien débiter du bois, le scier, le transporter, le ranger et faire la cuistance avec. Je veux bien aider à dépiauter, découper, vider tout le gibier qu'on voudra. Mais je ne suis pas votre serviteur, et pas davantage votre ballon de foot! Compris?
— Ouaip.

Il caressait Tool, doucement, comme si de rien n'était. Mais, de son autre main, il se serrait le ventre.
— Je suis un être humain, monsieur Kirk. Vous vous dites peut-être que je ne suis qu'un sale mioche, gâté, pourri et incapable, mais je suis un individu à part entière. J'ai des sentiments, moi aussi, figurez-vous... Et je suis capable d'aimer mon chien exactement comme vous aimez le vôtre.
— Jamais dit le contraire.
— Et Winnie vaut bien Tool, parce que c'est mon chien et que je l'aime. Et je m'en fiche comme de ma première chemise si Tool ne daigne même pas toucher à ce que je lui offre; je m'en fiche si elle crève de faim.
— Bon, tu en as terminé?

– Non. Il y a encore une chose.
– Oui?
– C'est moi qui ai fait le cuistot ce matin, alors, ce soir, c'est votre tour. Et pas de haricots, hein? Ce que je veux, moi, c'est un steak de ce cerf. De la *venaison*, comme vous dites – peu importe.

Le temps d'un éclair, l'idée de manger de cette viande crue me traversa l'esprit. La nausée me revint. J'eus un violent haut-le-cœur.
– Aide-moi à me relever, mon garçon.

Je me penchai vers lui. Il passa un bras autour de mon cou pour prendre appui et se remettre debout. Tool ne fit pas un mouvement.
– Et la chienne? Que faisons-nous d'elle?
– On la laisse ici. Elle saura bien se ramener à la maison toute seule. Si elle n'y arrive pas, c'est qu'elle a eu son compte. Qu'elle meure ici ou ailleurs...
– Ah non!
– En route, mon garçon. Laisse-moi m'appuyer sur toi.
– Sûrement pas si nous devons laisser Tool ici.
– Je sais ce qui vaut le mieux pour elle, moi. Elle est vieille.
– Tiens, la belle raison, *elle est vieille*! Et vous, vous n'êtes pas vieux, peut-être? Ma foi, j'aimerais mieux vous laisser ici, vous, plutôt que de la laisser, elle.
– Tu te tracasses pour elle, on dirait bien, n'est-ce pas? Même si, de son côté, elle se soucie de toi

comme d'une cerise. Parce que, je peux te le dire, ça lui est bien égal, à elle, que tu sois mort ou vivant!
— Possible. Mais moi, je veux qu'elle vive. (Je jetai un coup d'œil à la carcasse du cerf, suspendue derrière moi.) La mort, aujourd'hui, je l'ai assez vue, assez respirée, assez tripotée. Je ne veux plus rien voir mourir.
— Pas même moi? dit-il, son vieux visage tout plissé.
— Non, pas même vous. Bon, pour marcher, ça ira?
— Ça devrait aller. Et si je ne peux pas marcher, je me traînerai. Ou je ramperai. J'ai une sacrée crampe, et la cheville en feu. Mais ça ne doit pas être bien grave. Je n'ai pas l'impression qu'il y ait quelque chose de cassé.
— Et Tool?
— Laisse-la donc tranquille.
— Non.

Je rendis au vieil homme son couteau ensanglanté et fis deux pas en direction de la chienne, étendue sur de la neige rose.
— Dites, elle va mourir de froid si on la laisse là!
— Ne la touche pas, mon gars, surtout ne la touche pas. Si tu la touches, elle te saute à la gorge en moins de deux. Ni toi ni moi n'aurons le temps de dire ouf.
— Ça m'étonnerait.

– Ça t'étonnerait peut-être, mais tu ferais mieux de me croire sur parole.
– Justement, non, je n'en crois rien.

Je me retournai vers la chienne et lui parlai d'une voix douce, tout en examinant à distance son oreille déchirée. Elle avait encore perdu du sang, et son museau luisait, poisseux.
– Tool... ma belle... écoute... Tu es blessée... Si tu veux bien, je vais te prendre, et te ramener à la cabane... Je te nettoierai et je te donnerai à manger... Tu peux toujours me mordre, tant pis.

Lentement, j'avançai la main, et j'entendis s'élever un grognement sourd, du fond de son arrière-gorge.
– Pourquoi veux-tu faire l'idiot, mon gars?
– Là, gentille, Tool, gentille. Je ne veux pas te faire de mal. Belle. Gentille.

Elle avait beau continuer de gronder, à mi-voix, comme pour m'avertir, je lui effleurai la tête. Si seulement ma main voulait cesser de trembler! Ce n'était pas Winnie que je caressais là. C'était Tool, un chien de montagne, plus proche du loup que du caniche. Et c'était, plus encore, le chien du vieux bonhomme, là, qui me regardait. Une bête intelligente, robuste, plus vive que l'éclair – et de plus cruellement blessée.

Je glissai les mains sous elle et sentis trembler son corps brûlant. La peau de son museau se plissa – était-ce de douleur ou de colère? Je vis se retrousser ses minces babines noires sur ses dents blanches et luisantes. Elle entrouvrit la gueule comme je la soulevais pour amener son poids sur mes bras et la tenir contre moi. Je me relevai précautionneusement, le visage levé, à l'écart de ses dents. Mais ma gorge et mon cou étaient à sa merci. D'un coup de dents, elle pouvait me trancher la jugulaire.

Je l'emportai à la cabane, priant le ciel à chaque pas, la neige crissant sous mes pieds. Elle était plus lourde que je ne l'aurais cru, et j'en avais les bras tremblants. Le vieil homme s'appuya contre la porte pour la maintenir ouverte, tandis que j'amenais son chien dans la douce tiédeur de la cabane.

Tool, à petits coups de langue, me léchait le visage.

Chapitre 16

M. Kirk s'était laissé tomber sur sa couche. Il était là, recroquevillé, qui ne bougeait plus, aussi lui demandai-je :
– Ça ne va pas du tout ?
– Je ne peux pas dire que ce soit la grande forme.
– Tout va s'arranger, promis-je.

Et je le souhaitais bien sincèrement, même si le vieux bonhomme m'avait fait voir rouge, durant les dernières heures.

A l'autre bout de la pièce, Tool gémit faiblement.

Je l'avais installée sur mon sac de couchage, plus moelleux certainement que son habituel vieux chiffon. Je m'agenouillai près d'elle, et constatai qu'elle avait soulevé le petit bout de

sa queue et qu'elle l'agitait faiblement, en cadence.
– Sage, ma belle, va. Ne bouge pas.
A l'aide d'une lavette à vaisselle qui m'avait l'air à peu près propre, je nettoyai son museau des caillots de sang collés, et elle gronda tout bas lorsque j'effleurai son oreille. Le vieil homme nous observait sans rien dire. Comme je soulevais l'oreille saine, j'eus la surprise d'y voir quelque chose d'inscrit. Sur la peau veloutée de l'intérieur du lobe, étaient inscrites en brun les initiales S.K.

Je songeais à Winnie, tout en bassinant Tool. A Winnie et à la maison. Si par malheur ma chienne se faisait renverser par une voiture, j'espérais bien qu'il y aurait quelqu'un pour la soigner de la même façon. Quelqu'un qui se ferait du souci pour elle.
– C'est entaillé profond, vous savez! Croyez pas que je ferais mieux d'enfiler une aiguille et d'essayer d'y mettre un ou deux points de suture?
– Excellente idée – si tu veux te faire défigurer...
– Oh, Tool ne me mordra pas – plus maintenant. Je pourrais lui faire n'importe quoi, je crois.

Il eut un ricanement incrédule.
– Ouais, c'est ce que tu crois.
– Donc, je vais le faire.
– Non.

– Et pourquoi pas?
– Parce que ce n'est pas la peine. Les animaux ont leur façon de guérir, une façon bien à eux. Leurs blessures doivent commencer à cicatriser par l'intérieur. C'est en profondeur que ça se recoudra d'abord. Pendant ce temps-là, la blessure, à l'extérieur, restera vilaine et suintante. Mais nous n'aurons à nous inquiéter, au contraire, que s'il se forme trop tôt une croûte. Tant que la blessure reste ouverte en surface, c'est que la guérison suit son cours.

Je me dis qu'il devait avoir raison. Il avait beau ne pas l'accepter ouvertement, il se tracassait pour sa chienne, je le savais – au moins autant que n'importe quel maître sincèrement attaché à sa bête. Il faisait partie de ces êtres qui valent mieux que ce qu'ils en laissent voir.
– Et cette jambe?
– En train d'enfler.
– C'est bien ennuyeux.
– Que veux-tu, un vieux pépé comme moi ne devrait pas aller faire le mariole comme ça, dans la neige, à côté d'un seconde-tête blessé. Pas s'il a pour deux sous de bon sens – mais j'en ai encore pour moins que ça, la preuve! Ce qui est sûr, c'est que j'ai du plomb dans l'aile.
– Dites-moi ce que je peux faire pour vous, je le ferai.
– Ah, je te le dirais bien, si je savais!

Sa voix s'était radoucie. Pourtant chaque mot

lui échappait sous forme d'un grognement, comme si ses paroles avaient à franchir une sorte de barrière douloureuse. Sa position aussi avait changé. Il s'était recroquevillé encore un peu plus, en chien de fusil, les genoux ramenés presque au niveau de la poitrine. Ses deux mains enserraient ses genoux et les maintenaient avec force.
– Voulez-vous manger quelque chose?
– Non. J'ai trop mal, rien ne voudrait descendre. Et je suis trop abattu pour avoir faim. Occupe-toi donc de la chienne. J'ai mal, mais ça passera. Ce n'est jamais qu'une jambe tordue et une crampe au ventre.
– Mal à l'estomac?
– Quelque chose comme ça. C'est ta satanée cuistance. Et en plus, tout ce temps que j'ai dû attendre dans le froid, pendant que tu n'en finissais pas de dépouiller ce cerf, au rythme de trois centimètres à l'heure.
– Vous aviez fait ça à quel rythme, vous, la première fois?
– Me souviens plus. Trop ancien.
– Ouais, je m'en doute bien. Quel âge avez-vous, au fait?
– Je n'en sais trop rien, et je m'en fiche. En plus, est-ce que ça te regarde, quand même j'aurais cent sept ans?

Je retraversai la pièce pour m'asseoir sur le rebord de son lit. Mon poids fit protester les

ressorts et lui imprima une grimace. Il se mit à me crier après :
— Eh, veux-tu t'enlever de là, espèce de petit crétin !
— D'accord, mais d'abord il faut que je voie cette jambe, ou cette cheville, ou ce je-ne-sais-quoi qui vous fait mal.
— Tu n'es pas médecin, que je sache.
— Non, mais j'ai quand même suivi des cours de secourisme, soupirai-je. Et mon grand-père est médecin. J'ai souvent mis le nez dans ses gros bouquins.
— Ce qu'il te faudrait, plutôt, ce sont des cours où l'on t'apprenne à fermer ton blanc bec, et à fiche la paix aux gens.

J'effleurai sa jambe.
— J'ai dit : fiche-moi la paix.
— Ouais, je sais. Si j'essaie de vous aider, vous allez me montrer les dents et m'ouvrir la gorge. Désolé, mais je l'ai déjà entendue, cette histoire-là. Je n'en crois rien, et Tool non plus d'ailleurs.
— Ne me casse pas les pieds, veux-tu ?
— De quelle jambe s'agit-il ?
— La gauche.

Avec mille précautions, je délaçai ses gros croquenots, les lui enlevai et les lançai sous le lit où ils allèrent rejoindre tout son stock de vêtements sales. Ses chaussettes n'avaient rien de bien aguichant. Si je n'avais pas eu l'estomac vide et plus que vide, je gage que le cœur m'aurait levé en moins de deux. Je relevai son revers de pantalon effrangé et passai le doigt sur sa peau blanche et glabre.

– Votre cheville est drôlement enflée.
– Je te l'avais dit, non? Ce n'est pas grave.

J'allai remplir une casserole de neige et revins lui en entourer la jambe pour la rafraîchir. Il ne cessa de pester, à grand renfort de jurons, tout le temps de l'opération. A chaque juron qu'il me lançait, Tool grondait à voix basse, ce qui n'arrangeait rien du tout.

– Mon lit va être détrempé. Toute cette neige qui va fondre! Comme si je n'avais pas assez froid! J'ai les boyaux en feu, par contre.

Le feu, dans le grand poêle, s'était mis en sommeil. Je tisonnai la braise, actionnai la manette pour secouer les cendres, puis ravivai le feu avec quelques-unes des bûches sciées la veille. L'air de la cabane se réchauffa peu à peu, mais bientôt les yeux me piquèrent. Et le bois, en brûlant, dégageait une odeur âcre.

– Pauvre crétin.
– Vous commencez à vous réchauffer, non?
– Mais c'est du bois vert, que tu lui as donné, à ton feu! Fallait le laisser sécher, ce bois-là!
– Vous préfériez continuer à vous geler, alors? Votre mal de ventre, tiens, je parie que vous l'avez attrapé à me regarder travailler, ce matin, à cul par terre dans la neige, pendant que moi je

m'échauffais à dépouiller la bête. Voilà ce qui arrive quand on regarde faire les autres en se tournant les pouces.

Je le bordai sous ses couvertures, sans me soucier de ses cris de putois à chaque geste que je faisais. En inventoriant sa collection de boîtes à café, je découvris un peu de thé en vrac sur lequel je versai de l'eau bouillante. Et je lui offris ce breuvage, tout fumant, dans sa grosse tasse blanche. Il commença par le refuser catégoriquement.

– Si. Buvez-moi ça. Ça va peut-être vous faire du bien. Au ventre ou à l'humeur, je n'en sais rien – mais si l'un des deux s'améliore, ce ne sera déjà pas si mal.

Il eut un reniflement de mépris, mais il prit sa grosse tasse et y trempa les lèvres sans précaution. Il en avala une demi-gorgée, recracha le reste et aboya :
– Tu veux m'échauder!
– Mais non.

Il resta silencieux durant plusieurs minutes. Puis il parut songer soudain à quelque chose.
– Au fait, il y a un grand couteau-scie à découper la viande, par là, dans le coin.
– Vous voulez que je vous coupe la jambe?
– Non. Au lieu de débiter des âneries, écoute plutôt. Il faut que tu retournes là-bas, et que tu découpes notre carcasse de cerf, avant que ces cochons de chiens sauvages ne nous l'aient net-

toyée, vite fait bien fait. S'ils s'y mettent, il n'en restera rien.
– Des chiens sauvages?
Il hocha la tête.
– Ouais, j'en ai vu des empreintes, pas plus tard que ce matin. Tool les avait repérées avant moi, d'ailleurs. Et il n'y avait pas qu'une seule bête, c'est moi qui te le dis. Je les ai entendus hurler, l'autre nuit. Tu roupillais.
– Ces chiens sauvages, c'est un peu comme des loups?
– Il n'y a pas de loups, dans le Vermont. J'en ai vu un, une fois, il y a un bail de ça... Pour te dire quand, je n'en sais trop rien; mais ça ne date pas d'hier! Z'ont tous été tirés comme des lapins, ou presque. Ceux qui en ont réchappé se sont barrés vers le nord, jusqu'au Canada.
– Ce n'est pas moi qui m'en plaindrai.
– Oh, les chiens sauvages sont peut-être pires encore.
– Comment ça?
– Un loup, au moins, ça se tient à carreau. Les loups ne font pas grand cas des hommes – pas beaucoup plus que moi. Ils préfèrent passer au large. Les chiens sauvages, c'est une autre paire de manches.
– Un chien sauvage, c'est comme un coyote?
– Oh, c'est plus gros : un chien sauvage du Vermont, tu sais, ça va chercher dans les dix-huit à vingt kilos, par là. J'en ai tiré un, une fois, qui

dépassait les quarante-deux livres. Beaucoup plus gros que Tool, qu'il était, celui-là! En plus, ils vont par bandes. Et ce sont des sales bêtes, va! Plus teigneux que le diable!
— Vous croyez qu'ils verront notre cerf?
— Ils n'auront pas besoin de le voir. Un chien sauvage, ça vous flaire le gibier fraîchement tué à plus d'une lieue à la ronde.
— Dans ce cas, je ferais bien de ne pas musarder. (Je trouvai le couteau-scie à l'endroit indiqué et le lui brandis sous le nez.) C'est bien cet instrument-ci?
— Ouaip.
— Et comment s'en sert-on?
— Tu te mets devant cette carcasse, bien en face. Tu commences par découper entre les pattes. De chaque côté de l'échine, en oblique. Bon. Pour chaque patte, tu sépares le jarret de la gigue...
— J'y pige que dalle.
  Il réprima une grimace.
— Le jarret, c'est le bas de la patte, la gigue, c'est la cuisse. Au-dessus, c'est la croupe. Découpe aussi la longe et les côtes, pour faire des rôtis. Prends mon couteau, aussi, tu débiteras le flanchet – la viande attachée au ventre – et tu le rouleras sur lui-même. Tu me suis? As-tu compris?
— J'y arriverai bien.
— Prends des torchons propres, là-dedans, pour m'envelopper tout ça. Ils sont correctement

empilés, alors ne les prends pas n'importe comment. Et tâche de faire vite, parce qu'il va bientôt faire nuit. Tu enveloppes soigneusement chaque morceau, tu le rapportes ici, et tu le ranges dans le fumoir, là-bas derrière, sous la neige. Mets-y de la glace, si tu en trouves. Oui, le soleil a bien dû faire fondre la neige par endroits, et elle a dû regeler. N'oublie pas de verrouiller le fumoir quand tu auras fini. Sinon, les chiens sauvages iront s'y servir. 'Feront comme chez eux.

Déjà je me dirigeais vers la porte, sans quitter des yeux le vieux Kirk. Il se tenait le ventre à deux mains, le visage contortionné.
– Prends le Purdey et quelques cartouches. Des balles de plomb.
– J'y vais.
– Couvre-toi. J'ai trop besoin de toi pour m'offrir le luxe de te voir tomber malade.

C'est tout juste si je ne lui adressai pas un sourire, et c'est tout juste s'il ne me sourit pas en retour. Je crois bien que nos yeux sourirent. Je me chargeai du Purdey et du couteau à viande, j'y ajoutai la provision de torchons et je me mis en route, droit vers le nord, droit vers l'endroit où nous avions suspendu notre gibier. Je me souvenais parfaitement de l'endroit où il se trouvait. Le soleil était déjà bas, vers l'ouest. Pas une minute à perdre, me dis-je, et je me mis au petit trot.

Cette viande de cerf, de quelle manière allais-je

la faire cuire, tout à l'heure ? Parviendrais-je à en faire manger au vieil homme et à sa chienne ?

Je traversai sans reprendre haleine le bosquet de bouleaux blancs.

Puis je fis halte, cloué sur place.

Notre cerf avait disparu.

Chapitre 17

Je poussai un juron sonore.

Là, dans la neige sale, gisait toujours le tas d'abats et de déchets que j'avais retirés de la bête. Et ma ceinture était toujours là, suspendue à sa branche, attachée de manière très lâche, la boucle tintant au vent. Je la récupérai machinalement et la fourrai dans l'une des grandes poches de ma veste. Je n'avais qu'une idée en tête : le souper.

– Des haricots, dis-je à voix haute.

Puis je relevai les yeux vers la branche nue. Comment les chiens avaient-ils pu sauter assez haut pour défaire les nœuds dont j'avais sanglé les andouillers à cette branche ? J'avais serré à mort, pourtant. Et ma ceinture n'était pas déchirée... Je la ressortis de ma poche pour l'examiner.

Intacte. Et pas la moindre trace de crocs sur le cuir.

Et tout à coup, dans ma mémoire, une violente détonation retentit : ce coup de fusil, vieux de deux jours, qui avait pulvérisé mon lapin...

Loomis Broom.

Parce que je lui avais fait perdre une pièce, aurait-il...?

Je mis un genou en terre et inspectai la neige alentour. Des empreintes de chien, des quantités – mais pas tellement grosses. Un peu partout, mais toutes de la même taille. Les empreintes de Tool, sans doute. Les fameux chiens sauvages devaient avoir de plus grosses pattes.

Les chiens sauvages étaient hors de cause.

Les traces de pas ne manquaient pas, non plus. Mais le piétinement avait été tel qu'il était difficile d'y voir clair là-dedans. Sans doute étaient-ce là mes propres empreintes, doublées de celles du vieux Kirk, par endroits.

Puis j'avisai un autre type d'empreinte. Une empreinte de botte, d'une pointure de géant. J'en repérai d'autres aussitôt. Elles se superposaient aux miennes. Elles avaient été faites par un pied autrement long et large que le mien, et elles s'enfonçaient plus profond que les miennes. Pour avoir, l'heure d'avant, déchaussé le vieux Kirk, je savais qu'il chaussait à peine plus grand que moi : ce n'était donc pas ses empreintes. Ces grands pieds-là avaient tant et si bien écrasé la neige que les empreintes s'étaient emplies d'eau, qui avait regelé ensuite. Je poursuivis mon inspection, tout en élargissant le cercle. Et pour finir, je trouvai ce que je cherchais – ce que je redoutais aussi : les grandes traces de bottes s'éloignaient, solitaires, accompagnées d'une traînée rose dans la neige...

Loomis Broom était un sacré gaillard. Du moins s'il s'agissait d'un homme, car il avait tout du gorille. Mais je n'avais pas envie de rire. Fixant du regard le tas de boyaux, je me pris à me demander si j'avais autant de tripes que ça, moi aussi. Si même j'avais quelque chose dans le ventre – et dans les veines autre chose que du sang de navet.

« Tool, ma belle, avais-je envie de dire, n'est-ce pas que je t'ai transportée ? N'est-ce pas qu'il m'arrive d'avoir du cran, moi aussi, n'est-ce pas que je ne suis pas une pauvre lavette ? »

Et tout ça, à cause de ce malheureux lapin. Pas besoin d'être grand clerc pour deviner le pourquoi et le comment de l'affaire. J'avais privé Broom d'un gibier, il s'en était dédommagé. Avec les intérêts.

Je me relevai, serrant toujours contre moi le fusil, le couteau à découper et le paquet de torchons propres. J'avais les mains gelées, je les sentais devenir dures comme du bois. Mais pourquoi donc les avais-je rageusement éliminés de mon paquetage, ces gants fourrés que Maman, non sans tendresse, y avait si judicieusement placés ? « Parce que tu es un sombre idiot, Collin Pepper, voilà pourquoi, me répondis-je moi-même, la rage au cœur. Parce que tu veux toujours tout savoir, mieux que personne, sans jamais tenir compte de l'avis des autres. Et qu'avec cette tête de mule tu es de la race des éternels perdants. »

Je me voyais déjà annoncer le désastre au vieux Kirk : « Notre cerf n'est plus là, et tout est de ma faute. »

Pourquoi donc avais-je tant tenu à tirer sur ce malheureux petit lapin, alors que le chien de Broom arrivait par-derrière ?

Quel monstre, ce chien noir ! Il n'avait même pas l'air d'un chien. C'était plutôt un crocodile, oui, un crocodile à la queue écourtée, par exemple. Oh, et puis non, il avait la gueule bien trop grande, pour un croco. Finalement, c'était peut-être un fossile vivant de *Tyrannosaurus rex*, ou quelque descendant bâtard d'une bestiole apparentée...

Au fait, qu'est-ce que je faisais là, moi, planté comme un piquet, au risque de prendre racine ? Mais que faire d'autre, aussi, que faire ? Je me voyais mal m'en retourner à la cabane pour annoncer à M. Kirk, la bouche en cœur, que notre cerf s'était envolé...

« Devinez, monsieur Kirk – non, vous ne devinerez jamais! On nous a piqué notre cerf! Vous vous souvenez, ce cerf que vous avez tué et que j'ai dépouillé, ce matin? Eh bien, il s'est volatilisé. Et proprement, encore. Il n'en reste plus que la peau et les boyaux. Qui a pu faire ça? Oh, j'ai ma petite idée. C'est encore quelque jeune voyou, quelque délinquant juvénile – on ne voit plus que ça, dans les journaux. Votre voisine, Mme Broom, n'arrêtait pas de dire que son petit Loomis était un gosse à problèmes. Elle voulait même le faire psychanalyser, pendant un temps. Seulement, il a grandi, le petit Loomis. Il a monté en graine. C'est même devenu un beau brin de garçon, un vrai gorille à bretelles. Quelque chose comme cent trente kilos, mais mignon tout plein, et pas bête, non plus, le drôle! »

Je laissai échapper un glapissement sonore.

Puis, haussant les épaules, je tournai les talons et repartis lentement vers la cabane.

J'allais me faire bénir, tiens! J'entendais ça d'ici : « Pauvre imbécile, décidément, qui trouve moyen, à peine arrivé, de se mettre à dos le plus proche voisin, et de s'attirer par là les pires ennuis! »

Mais j'avais beau faire, c'était l'envie de rire qui reprenait le dessus.

« Allô, madame Broom? Oui? Ici, c'est Collin Pepper, de la énième brigade de gendarmerie. C'est au sujet de votre fils Loomis. Oui, il a été pris en flagrant délit de vol à la tire, j'en ai peur...

A la tire, oui. Non non, ce n'est pas dans le fond de ses poches qu'on a trouvé le larcin... Oui, quelque chose de gros – qu'il *tirait* derrière lui, voilà, c'est ça... »

J'étais tellement hilare que je finis, en trébuchant, par m'étaler dans la neige. Je sentis les dents du couteau s'enfoncer dans ma main, mais j'avais si froid aux doigts que ce n'était même pas douloureux.

Les larmes pourtant me vinrent aux yeux.

Etais-je en train de rire ou de pleurer? Je ne le savais plus moi-même. Quel pauvre type j'étais, tout de même! Rien d'étonnant si aucun collège, pas plus à Kent qu'à Greenwich, n'avait voulu de moi pour élève. Pourquoi ne pas rester ici, étendu dans la neige, et y mourir de froid en riant?

Il y a des gens à qui rien ne réussit. Tout ce qu'ils entreprennent échoue un jour ou l'autre. Lamentablement. J'étais de ces êtres-là...

« Nom d'un chien, salaud de Broom, si je le tenais! »

Mais le rire me reprit, plus jaune et nerveux que jamais, à l'idée de la scène suivante. Les chiens sauvages finissaient par trouver l'endroit, et constataient avec horreur que le cerf avait disparu. Alors, c'était moi qu'ils dévoraient. Bye bye, Wishbone Kirk.

« Allô, madame Pepper? Ici la patrouille forestière du Vermont. Nous avons le regret de vous annoncer que votre fils Collin a été dévoré par des chiens sauvages. Oui, comme vous dites : c'est la première fois que quelqu'un a bien voulu de lui... »

Je décochai dans le vide un coup de pied rageur. Mes pensées se mirent à galoper pêle-mêle.

Comment présenter les choses au vieil homme ? Allais-je lui annoncer d'emblée, sans précaution aucune, depuis le seuil de la cabane, que toute notre provision de viande avait mystérieusement disparu ? Je ne m'en sentais guère le courage. Je n'avais le courage de rien faire. Tout ce que j'avais su faire, pour le moment, c'était m'écrouler dans la neige pour y rire et y pleurer, et m'écorcher la main sur les dents de scie du couteau.

« Eh, vieille scie, tu te crois drôle ? Tu es rouillée, oui, c'est tout. Et toi aussi, tu as été eue, 'ce pas ? Tu comptais bien sur de la chair fraîche à te mettre sous la dent, mais ce vieux Loomis nous a feintés, tu vois. Allô, madame Broom ? Ici, c'est Mme Lapin. C'est au sujet de votre fils Loomis. N'aurait-il pas joué avec mon fils, ces temps derniers, par hasard ? Mon fils a disparu depuis avant-avant-hier... »

Seigneur, mais je déraillais encore, décidément ! Il était grand temps de me ressaisir. D'un coup de reins, je me roulai sur le ventre, afin de me relever. J'avais le nez dans la neige, et le froid me mordait les joues.

« Ouste, debout! me morigénai-je. Sinon le Purdey sera mouillé, et le vieux bonhomme est bien fichu de me piler, s'il voit ça. »

Je commençai par m'asseoir, et pris l'un des chiffons propres pour essuyer le fusil. Ce n'était sans doute pas ce qu'il y avait de plus urgent à faire, mais tous les prétextes étaient bons pour différer le moment de retourner à la cabane et d'annoncer la catastrophe à ce pauvre Kirk.

Bien sûr, je pouvais mentir. Peut-être la tempête serait-elle moins terrible si je racontais que les chiens sauvages nous avaient pris de vitesse? Oui, mais s'il apprenait par la suite que l'auteur du coup était Loomis Broom (ce dont je n'étais même pas sûr), dans quelle fureur n'entrerait-il pas? Il était bien capable d'en avoir une attaque.

Et s'il était plus malade, au fond, qu'il ne voulait l'admettre? Il répétait qu'il n'avait rien de cassé, que sa cheville désenflerait d'elle-même, mais ces crampes au ventre, que signifiaient-elles? Il était resté terriblement longtemps à croupetons dans la neige, à tenir Tool contre lui. Il avait dû joliment se refroidir, à rester comme ça sans bouger.

Tout en réfléchissant, j'essuyais le Purdey, machinalement. Il était à présent bien sec, mais je continuais de passer le chiffon dessus, de la crosse au canon, du canon à la crosse, infatigable...

J'avais déjà commis tant d'erreurs! Ri quand il eût fallu pleurer, perdu du temps à jouer les infirmiers quand il eût mieux valu s'occuper de débiter le gibier... Il était trop tard, à présent.

Comment faisait-on, dans ces montagnes, lorsqu'on était victime d'un délit? Qui allait-on trouver, en pareil cas? Devant qui portait-on l'affaire? Il n'y avait ni juge de paix, ni représentant de la loi à des dizaines de kilomètres à la ronde. Les seules lois étaient celles que l'on reconnaissait soi-même, un peu comme les commandements :
« Tu ne tireras pas sur un gibier poursuivi par le chien d'un autre. »

Je m'apprêtais à rire encore, mais je m'arrêtai à temps. Non, il n'y avait pas de quoi rire. De tels commandements n'avaient rien de ridicule. Pour un Kirk ou un Broom, ils avaient quelque chose de grave et d'impérieux, probablement même de vital.

Je commençai à me demander si cet infortuné lapin allait empoisonner désormais toute l'existence du vieil homme. Broom et Kirk en resteraient-ils à couteaux tirés pour toujours? Existait-il des vendettas, dans ces montagnes du Vermont, comme il en existe en tant de lieux, partout où la vie est rude?

Je me relevai et me mis en marche, sans rien laisser derrière moi, tout en méditant sur ce que j'allais faire. J'avais ma petite idée. Et tant pis si M. Kirk n'était pas d'accord, tant pis s'il donnait de la voix. C'était moi qui tenais les rênes, à partir de maintenant. Lui, il était en piteux état. D'ailleurs, j'avais son couteau et son fusil. Si bien qu'il ne risquait guère de pouvoir mettre le holà à mes désirs de revanche.

Pour une vendetta, ce serait une vendetta.

Collin Pepper contre les Broom.

Chapitre 18

– Elle saigne encore, fis-je observer.
Le vieil homme posa son regard sur Tool, puis sur moi.
– Ce n'est pas plus mal : ça nettoie la plaie. D'ailleurs, quand une blessure saigne, on a toujours l'impression qu'il s'écoule des flots de sang, beaucoup plus qu'en réalité.
Il était toujours replié en chien de fusil sur sa couche, les genoux remontés jusqu'à la poitrine. Il n'avait pas dû bouger depuis que j'avais quitté la cabane. Je ne le quittais pas des yeux tout en caressant la chienne.
– Tu as rentré la viande ?
Je ne savais trop que répondre, et choisis de ne mentir que par imprécision :
– Nous ne tarderons pas à manger du gibier. Le temps que j'apprenne à le faire cuire...

- Je n'ai pas faim.

Je sautai sur l'occasion :
- Très bien, nous mangerons plutôt des haricots ou du pain de maïs. Ou les deux, ou rien du tout. Moi non plus, je n'ai pas tellement faim. Au fait, d'ailleurs, il ne me semble pas que, d'ordinaire, les chasseurs consomment le gibier le jour où ils l'ont tué ?
- Non, ce n'est pas l'habitude. La viande, c'est comme les fruits. Faut que ça mûrisse d'abord. Le mieux, pour nous, c'est de laisser passer un jour ; demain soir, nous pourrons nous y mettre.
- Bonne idée.
- Si toutefois mes boyaux veulent bien me laisser en paix.

Je m'assis sur le plancher, sans cesser de caresser Tool le plus légèrement possible.
- Et vous, comment vous sentez-vous, monsieur Kirk ? Un tout petit peu mieux ?
- Pas guère.
- Les plaies de Tool sont toujours aussi béantes. J'en vois une que je n'avais pas repérée, là, plutôt profonde, le long de son dos. Je me demande si je ne devrais pas enfiler une aiguille, tout de même...
- Je t'ai dit non. On ne recoud pas un chien.
- Mais pourquoi ?
- Pour des tas de raisons. D'abord, pas dit qu'elle se laisse faire. Et d'une. Ensuite, le fil à coudre ne

convient pas, et de deux. Enfin, même si tu avais ce qu'il faut, dis-toi bien qu'un chien, d'habitude, ça ne laisse pas les fils en place; ça tire dessus, ça les mordille...
– Mais non : je l'envelopperais d'un pansement, elle ne pourrait pas y toucher.
– Admettons. N'empêche, je te conseille de la laisser tranquille, et de la laisser guérir toute seule. La bête est bonne, va. Elle s'en remettra.
– Je me demande si elle a faim.

Il émit un grognement sceptique.

– Non. Elle n'a pas faim. Un animal blessé n'a jamais faim. Moi non plus, je n'ai pas faim. Et toi?

Je secouai la tête.

– Non, moi non plus. Il m'est arrivé trop de choses aujourd'hui pour avoir seulement l'idée de manger.

L'instant n'était pas idéal pour lui confesser que nous n'avions rien dans notre fumoir à viande. De toute façon, même si notre gibier s'était trouvé là, devant moi, rôti, fumant, prêt pour la fourchette, je n'aurais pas pu en avaler une bouchée. J'avais encore dans la bouche le goût de vomi du matin.

Je me relevai pour aller jeter un coup d'œil au poêle et voir comment se comportait ce feu. Je choisis soigneusement, pour le nourrir, le bois qui me paraissait le plus sec; je ne tenais pas à provoquer de nouveau cette âcre fumée

de bois vert qui nous avait arraché des larmes.
   Le vieil homme grogna sur sa couche. Il avait les paupières serrées, et tout son corps, sous la couverture, était agité de tremblements.
– Vous n'auriez pas un peu d'eau-de-vie, par hasard? m'informai-je.
– Si.
– Où la cachez-vous? Dans quelque recoin secret, j'imagine.
– Compte pas sur moi pour te le dire. Tu n'en auras pas. Aucune envie d'avoir sous mon toit un pochard avant l'âge.
– Mais je n'en ai rien à faire, moi, c'était pour vous! Si c'est un coup de froid que vous avez pris, un petit verre pourrait vous aider à tuer dans l'œuf la grippe ou la bronchite ou la pneumonie ou...
– Je m'en remettrai.
   Sa voix s'efforçait d'être ferme.
– Je l'espère bien.
   Il ricana.
– Tu penses! Ma santé doit te tracasser, tiens!
– Vous n'êtes pas un malade bien agréable à soigner, il faut dire. Tout ce que vous savez faire, c'est jurer, grogner, vous plaindre et, chaque fois que je fais quelque chose, décréter que c'est idiot.
– Ooh, j'ai les boyaux qui me cuisent si fort que j'en ai oublié ma pauvre jambe; ça cogne comme le diable, là-dedans; ça me fait un mal de chien.

Je m'approchai du lit, me penchai, posai la main sur son front.

– Vous avez peut-être pris un coup de froid, mais vous êtes drôlement chaud, maintenant.

Il avait le front brûlant, brûlant et moite. Il était rouge comme une écrevisse.

– 'Ta faute, aussi : tu nous chauffes à blanc ce malheureux poêle.

– Je m'en doutais. Bon. Et quoi encore ?

– Nettoie donc le fusil. Et n'oublie pas non plus de nettoyer le couteau à viande : combien je parie que tu l'as suspendu comme ça, tout gluant de sang ? Rien de tel pour le faire rouiller en moins de deux.

« Le couteau ? Pas de danger qu'il soit sale ! avais-je envie de lui corner aux oreilles. Il ne restait rien de notre cerf. Rien de rien. Plus qu'un petit tas gelé d'entrailles et de poil sale. Je n'ai récupéré que ma ceinture. Tiens, je vais nous la faire frire pour dîner. Sauté de ceinture de cuir, une spécialité de la maison. »

Mais je ravalai ces bêtises. Je tirai plutôt ladite ceinture de ma poche, et la glissai dans les passants de mon pantalon. Je pouvais la boucler d'un cran plus serré que la veille. Des jours dans le style de celui-ci étaient parfaits pour garder la ligne.

– La nuit tombe, non ? voulut savoir M. Kirk.

Je jetai un coup d'œil à la lucarne, par-dessus l'évier. Sur ce fond de ciel et de forêt qui

s'assombrissait peu à peu, la neige ressortait plus que jamais, jetant de sourdes lueurs bleuâtres. Du moins cette neige-là était-elle immaculée, sans la moindre trace rouge. J'avais eu mon compte de sang pour la journée.
– Oui, c'est le soir, confirmai-je, l'esprit ailleurs.

Se doutait-il, le vieux renard, que je mijotais quelque chose? Non, vraisemblablement non. Il avait dû gober mon mensonge, croire que notre gibier reposait bel et bien sous clé, en sécurité dans le fumoir. Certes, je ne l'avais pas vraiment affirmé, mais je l'avais laissé entendre. Et j'espérais qu'il m'avait cru.

Je réexaminai mon projet. D'abord, attendre le sommeil du vieil homme. Ensuite... Ensuite, faire ce qui devait être fait. « Loomis Broom, mon vieux, et vous aussi, vous tous – tous les Broom du Vermont et d'ailleurs –, n'allez pas vous imaginer qu'on va vous laisser, comme ça, sans réagir, venir nous barboter notre gibier! Pas question. » J'en serrai les mâchoires. Puis le doute me revint : « Mon pauvre Pepper, pour les belles paroles, tu es toujours très fort, hein? Faudrait voir à passer aux actes. Seulement, quand il s'agit d'agir, avec toi, il y a toujours quelque chose qui cloche, et tout tombe à l'eau, ou encore tourne à rien... » Et c'était un peu de ma faute, à coup sûr, si nous avions perdu ce cerf. Mais ma décision était prise : j'irais le récupérer.

Je fermai les yeux. Ce fut pour voir surgir le grand Broom, le fusil en avant, flanqué de son gros chien noir. Drôle de bonhomme, tout de même. Quel démon lui avait soufflé de transformer ce lapin en bouillie? Peut-être bien qu'il avait un grain, le pauvre gars. Rien qu'un petit grain. Comme moi.

« Allô? Madame Broom?... »

Non, franchement! Je n'allais pas reprendre ce petit jeu stupide? Mieux valait tenter de réfléchir. Surtout avant de me lancer dans la plus téméraire – et sans doute la plus stupide – entreprise de ma vie...

Je me penchai pour caresser doucement Tool, une fois encore. Ses yeux étaient doux et d'un brun profond. Elle souffrait, elle aussi; et peut-être même souffrait-elle, en plus, de savoir son maître en peine.

– Tu es belle, Tool, oui, tu es belle.

Sa queue eut un mouvement léger. Elle nous savait amis, à présent. Elle s'était laissé transporter dans mes bras, déchirée, ensanglantée. Je fis errer mes doigts près de la pointe de son museau, pour lui permettre de me flairer à son gré, ce qu'elle s'empressa de faire. Je voyais ses narines s'ouvrir et palpiter, tandis qu'elle me humait, attentive.

– J'espère que tu m'aimes bien, Tool, tu sais. Parce que moi je t'aime bien.

– Mais voui, elle t'aime bien.

Je jetai un coup d'œil par-dessus mon épaule. Le vieux Kirk avait rejeté ses couvertures et se débattait pour se redresser.

– Faut que je sorte, parvint-il à articuler, d'une voix qui trahissait la souffrance de l'effort.

– Et pourquoi? demandai-je.

– Que j'aille vérifier, pour cette viande...

Instantanément, je me couvris de sueur.

– Cette viande ne craint rien, là où elle se trouve, à l'heure qu'il est, martelai-je. Et il est grand temps que vous me fassiez confiance un peu, pour changer. Bon, d'accord, c'est toujours vous le patron. Mais j'aimerais bien que vous me fassiez confiance, pour une fois, sans éprouver le besoin d'aller regarder par-dessus mon épaule.

Ses pieds nus touchaient le sol.

– Non, monsieur Kirk, vous n'allez pas dehors. (Un rapide coup d'œil à la chienne, un autre du côté du maître.) Même Tool est assez futée pour comprendre qu'elle ne va pas fort – elle reste couchée. Et vous feriez bien de l'imiter. Je ne plaisante pas.

– Rester en place, moi?

– Ouais. Pour une fois.

Il hésita, le regard fixe.

– Et te laisser mener la barque comme un adulte, un gamin comme toi?

Je fis oui, gravement.

Brusquement, ses traits se convulsèrent. Il souffrait – et ce n'était pas une plaisanterie, cela non plus. Peut-être se trompait-il, après tout? Peut-être avait-il quelque chose de cassé, de fracturé, sans qu'il le sût? Je me demandai soudain s'il avait jamais, de sa vie, consulté un médecin. Oh, si mon grand-père avait pu se trouver là, par Dieu sait quel enchantement!

– Vous êtes rouge comme une pivoine, lui dis-je.

– Je sais, mon gars. Je le sens. J'ai l'impression d'être en feu.

– Recouchez-vous, s'il vous plaît, monsieur Kirk. Vous ne ferez rien de bon, ici – tout juste aggraver votre état. Puisque je vous dis que je m'occupe de tout! Recouchez-vous donc.

Il tourna son regard vers le poêle.

– Ouais, je sais, dis-je. Pas besoin de gaspiller votre salive : j'ai mis trop de bois dans ce poêle, et c'est pour ça que vous êtes en feu. Je sais.

– Il faut que je boive un coup.

– De l'eau-de-vie?

– Non. Donne-moi donc de l'eau fraîche. Dans la timbale, là-bas.

Je lui tendis une pleine timbale d'eau du pichet. Il la but d'un trait, sans reprendre son souffle. Je lui en remplis une autre, qu'il vida de la même façon.

– Merci, ça fait du bien. Seulement, elle est tiède, ton eau. Va dehors m'en chercher de la fraîche. Je déteste l'eau tiédasse.

– Etendez-vous, et essayez de dormir. Bougez pas, je vais vous recouvrir.

– Mais je suis déjà en train de bouillir, imbécile!
– Je le vois bien – et de fureur, au moins pour moitié! Je suis peut-être un enfant gâté, mais vous êtes un sacré vieil ours... Vous ne voudriez pas un oreiller, sous votre tête?
– Non. Je ne veux rien. La paix, c'est tout.
– Dans ce cas, taisez-vous donc un peu. C'est vous qui faites le plus de boucan, ici, je vous ferai remarquer.

Il haussa les épaules et ferma les yeux. Je comptais que l'eau qu'il avait bue l'aurait suffisamment rafraîchi pour lui permettre de trouver le sommeil et en effet, peu après, il s'endormait lourdement. Il se mit à ronfler aussi fort qu'une vieille scie grinçante. Je me remis à caresser Tool, dont les yeux ne tardèrent pas à se fermer à leur tour. Alors, au lieu de nettoyer le fusil comme le vieil homme m'en avait donné l'ordre, je le chargeai. J'ajustai le couteau à ma ceinture et soufflai la chandelle.

Et je partis, droit vers le nord, accompagné seulement du craquement rythmique de la neige poudreuse sous mes bottes, pareil à une plainte étrange et lourde de présages.

Chapitre 19

Le ciel avait le bon goût de m'offrir un clair de lune.

C'était même une fort belle lune qui brillait là-haut, collée sur fond de ciel comme une hostie géante. Froide, éclatante, d'un blanc moiré d'argent, elle faisait étinceler de toutes parts les cristaux de cette neige que le soleil avait fait fondre dans la journée et que le froid avait fait regeler. Cette croûte de glace crépitait sous mes pieds, par endroits.

Retrouver les lieux du crime fut chose aisée. Suivre la piste empruntée par notre amateur de gibier n'était guère plus difficile : nul ne saurait trimbaler sur son épaule la carcasse d'un cerf adulte, pas même le solide gaillard qu'était Broom ; notre voleur avait donc traîné son butin derrière lui, et la trace en était bien nette.

A propos, où habitait-il, le dénommé Broom? Question stupide : la réponse, je l'aurais bientôt. Il n'était que de suivre l'ornière creusée par son fardeau. N'importe quel imbécile était capable de suivre une piste pareille. Même un Collin Pepper, de Greenwich, Connecticut.

« Attention, vous autres, j'arrive! murmurai-je au vent du nord, entre les dents. Et j'espère bien que vous êtes des couche-tôt! »

La traînée laissée par le cerf ne tarda pas à devenir blanche, nette de toute trace de sang. Elle n'en était pas moins évidente et lisible, soulignée qu'elle était, de plus, par des empreintes de grandes bottes. Le tout se déroulait devant moi, louvoyant entre les troncs, comme une route communale qui s'en irait à l'aveuglette, à destination de nulle part.

Point n'était besoin de m'orienter sur les étoiles ou de marquer mon itinéraire à l'aide d'encoches dans l'écorce des troncs. Autant dire que je suivais des rails de tramway... Le souvenir me revint de ce Noël où j'avais reçu une luge. La trace qu'elle laissait dans la neige ressemblait beaucoup à celle-ci. C'était comme un serpent sinueux, s'ouvrant indéfiniment dans la neige, et régulièrement ponctué du creux plus net et plus profond d'une semelle de grande botte imprimée gris sur blanc. Notre voleur avait dû haler ferme, car les pointes de ses pieds s'étaient enfoncées plus lourdement encore que ses talons.

Nulle part la trace du cerf n'avait complètement effacé les empreintes de bottes. Les pas de l'homme étaient toujours là, à l'intérieur de l'ornière, sur la gauche. Enfin, un troisième type d'empreintes festonnait cette double piste : les énormes fleurs en creux, plus dansantes et moins régulières, laissées par les pattes du chien noir...

Je commençais à avoir sérieusement froid aux mains. Je calai donc le fusil sous mon coude, et je fourrai mes poings dans les poches de ma veste.

Habitait-il encore loin, ce diable d'homme ? A deux kilomètres d'ici, à trois, à cinq, à vingt ? J'entrepris de compter ses pas, pour voir – et pour m'occuper l'esprit. Arrivé à cent, je repartis à zéro, une fois, deux fois, plusieurs fois... jusqu'à ne plus savoir du tout où j'en étais des centaines.

Tout de même, tout de même, il n'avait pas emporté ce cerf au Canada ?

Devant moi, dans l'obscurité, il me semblait voir sa silhouette se dessiner. Il était penché en avant et tirait, une main crispée sur l'un des andouillers du cerf. Je le voyais tirer, haler, donner des secousses, ahaner sur ce fardeau décidément trop lourd. Et je lui devinais une espèce de sourire mauvais, parce qu'il tenait, avec ce cerf, sa revanche sur le vieux Kirk.

« Eh non, mon vieux, pas encore! jubilai-je. Parce que le petit morveux qui habite chez Kirk a décidé de poursuivre la partie. Et il a beau ne pas être bien gros, il est capable d'être teigneux, quand il le veut. »

Bon, combien de kilomètres encore? Je venais de me poser une fois de plus cette question stupide lorsque je repérai l'endroit où Broom avait fait halte pour souffler un peu. Il s'était assis sur un tronc d'arbre mort, un peu d'écorce noire transparaissait à cet endroit.

Du coup, j'éprouvai le besoin de faire une petite pause, moi aussi. Je m'assis à l'endroit exact où Broom s'était assis. La journée avait été tuante – mais que serait la nuit? Réussirais-je à défendre notre bifteck, ou plus exactement à le reprendre? *Défendre son bifteck*... L'expression soudain me parut cocasse, surtout en pareille occasion, et je me mis à rire tout bas.

« Le problème, avec toi, Collin, me répétait volontiers mon père – environ trente fois par week-end –, c'est que tu ne prends jamais rien au sérieux. »

« Allô, Papa? Oui, je t'appelle du Vermont. Non, je ne suis pas en prison, ni à l'hôpital – en tout cas, pas encore. Tu ne devineras jamais ce que je suis en train de faire. Je suis sur la piste d'un voleur de gibier, figure-toi! Qui? Oh, un certain Loomis Broom, un malfrat à la petite semaine, qui a toujours l'air prêt à dévorer quelqu'un... »

Tiens? Bizarre : plus moyen de rire. Mieux valait se remettre en marche, dans ce cas. Mais le fusil pesait un âne mort et tirait sur mes bras. Que n'avais-je écouté mon père, ou mes professeurs d'éducation physique, et pratiqué un peu plus souvent leurs sacro-saints « exercices de musculation », ces singeries censées vous faire des muscles d'acier! Pourquoi avais-je tant tiré au flanc, sous les prétextes les plus variés, chaque fois qu'il était question d'« acquérir un peu d'endurance »?

« Enfin, quel mollasson, Pepper! entendais-je encore mon moniteur de Kent m'aboyer aux oreilles. Allez, ouste! Dix pompes! »

Ce qui signifiait, en clair, que je devais me jeter à plat ventre et, par des tractions sur les bras, soulever du sol mon corps raidi comme un bout de bois. Mais je n'allais jamais jusqu'à dix. Huit « pompes » d'affilée étaient mon grand record. Faiblard, Pepper. Petite nature, va!

Au fait, comment s'appelait-il, l'autre, là, le prof de gym de Kent? Ah oui : Horace Huntington. Horace-la-Menace, disaient les copains. Un vrai paquet de fil de fer barbelé. Même forme, même texture, même usage. Il faut dire, aussi, qu'avec un prénom comme Horace il y a tout intérêt à prendre le muscle au sérieux.

Je longeais la piste creuse, obstinément, tête baissée.

Si mes parents m'avaient prénommé Horace, après tout, me disais-je, peut-être aussi serais-je devenu un gros dur, un de ces costauds à qui rien ne résiste? On ne sait jamais. Les noms qu'on porte ont des influences, parfois...

Je m'étais mis au petit trot, tout en songeant au nombre de personnes qui avaient tenté – en vain – de me faire courir jusqu'ici. Horace-la-Menace, entre autres. Son dieu devait être Mercure, avec ses petites ailes aux pieds. Mes pieds à moi étaient plutôt palmés, mon dieu devait être Donald Duck... Non, mon dieu était autre, et je ne savais trop où. Du côté du couchant, sans doute. Par-derrière Flèche-en-Flammes...

N'empêche, très cher Horace, que vous n'en croiriez pas vos yeux si vous pouviez me voir en ce moment. Vous en auriez la tête qui tourne, exactement comme moi, d'ailleurs.

Ce fusil, à propos, en avais-je besoin? L'idée me vint tout à coup que je n'avais nullement l'intention de tirer sur qui que ce fût. Pas même sur l'irrésistible Loomis Broom. Et comment diable allais-je faire, au retour, pour trimbaler en même temps la carcasse du cerf et le Purdey déjà trop lourd?

« Je suis un imbécile, me dis-je. Tout le monde le dit, et tout le monde a raison. Pas fichu de réussir jamais quoi que ce soit... Eh bien non!

Tout le monde a tort. J'ai décidé de trouver où crèche ce Broom, et je trouverai. Et je rapporterai cette viande de cerf à la maison. »

A la *maison*? Bigre, ça ne va pas fort, dans la petite tête. Songer à cette vieille cabane croulante, et se dire « à la maison »! Encore qu'après tout, à bien y réfléchir, c'est bien « la maison », pour l'instant...

Je marquai un temps d'arrêt et me retournai vers le sud, dans la direction de la cabane, qui devait être à présent à des kilomètres de là. J'espérais ardemment que Tool et son maître dormaient du sommeil du juste. Qu'ils rêvaient de rôti de cerf au lieu de haricots secs. Oh! ne plus revoir un haricot sec avant plusieurs semaines, au moins!

« Mon vieux Purdey, décidai-je enfin, tu ne vas peut-être pas apprécier la chose, mais je vais te mettre à la consigne. Ici même. Attends-moi gentiment, et sois sage. Je te reprendrai en repassant... »

Et j'appuyai le fusil contre un arbre, camouflé derrière un fourré que je réarrangeai artistement. « Si quelqu'un le trouve là, je paie des prunes au vieux Kirk, me dis-je. Ou même une vache, pendant que j'y suis. » Puis je tirai de ma poche un mouchoir en piteux état et je l'attachai à une branchette, pas trop en vue, à moins de trois mètres du fusil. Impossible de ne pas le retrouver. Décidément, j'étais génial.

Délicieusement allégé, je repartis au petit trot. Je me sentais libre comme le vent, maintenant que je ne portais plus rien. Le couteau, contre ma hanche, suffisait à me rassurer.

Mais jusqu'où irait donc cette piste? Ces Broom n'habitaient tout de même pas au pôle Nord! Peut-être valait-il mieux ralentir le pas? Après tout, quand je me trouverais, sans préavis, face au manoir de la famille Broom, je ne pourrais pas faire grand-chose avant de m'être assuré que chacun était bien au lit.

Et le chien noir? Je l'avais oublié.

Devais-je rebrousser chemin et aller reprendre le fusil?

Non. Un coup de feu ruinerait toutes mes chances. D'ailleurs, je l'avais dit à Kirk et j'étais sincère, je ne voulais plus entendre parler de mort aujourd'hui. Mais peut-être la mort n'avait-elle pas terminé sa journée.

A l'âge que j'avais, on ne pense guère à la mort. On n'en parle pas davantage. A quinze ans, on est immortel. La mort est trop loin, là-bas, à l'autre bout de la route. Peut-être était-ce aussi ce que pensait le cerf, jusqu'à la détonation du Purdey. Puis il avait senti cette balle, cette balle unique, mordre sa chair, se ruer dans son corps, à travers ses organes, déchirant tout sur son passage. Son foie, je m'en souvenais, avait été déchiqueté.

Un aboiement de chien s'éleva dans la nuit.

Je m'immobilisai, brutalement trempé de

sueur. Cette fois, j'y étais presque. Chez Broom, ou chez quelqu'un d'autre. A portée de voix, en tout cas. Tout doucement, à pas de loup, je continuai d'avancer. Le chien aboya de plus belle.

La piste, après un dernier détour, débouchait sur une clairière, au fond de laquelle, dans une cabane, je vis luire l'éclat jaune d'une lampe à pétrole. Là, dans le rectangle lumineux d'une porte grande ouverte, s'encadrait la silhouette d'un homme, qui criait au chien de se taire. Je le vis jeter quelque chose et refermer la porte.

Cette silhouette noire se découpant sur un fond jaunâtre n'avait été qu'une apparition brève et presque irréelle. Mais je la connaissais déjà.

Loomis Broom.

Chapitre 20

Attendre.
Mais pourquoi donc avais-je le souffle si court? Pourquoi mon cœur cognait-il comme un possédé sous mes côtes? Oh, la réponse était simple : j'avais peur, peur à en pleurer.

Je m'agenouillai dans la neige, tentai de soulager ma vessie. Pas moyen. Impossible. Je finis par renoncer.

Un bruit déconcertant, régulier, parvenait à mes oreilles. C'était un son mat, assourdi, et qui se répétait, identique, après plusieurs secondes de silence. J'étais incapable de l'identifier. Je m'approchai donc, furtivement, et découvris ce qui provoquait cet étrange bruit de pendule : c'était tout simplement le chien.

La bête était attachée au bout d'une longueur

de corde d'environ six ou sept mètres, reliée à un piquet, à l'angle de la cabane. Chaque fois que le chien s'élançait, la corde se tendait brutalement, et c'était le choc en bout de course qui rendait ce curieux son mat. L'animal se ruait avec tant de violence qu'il risquait de s'y rompre le cou; et pourtant il persévérait, revenant à l'assaut, inlassable, dans un effort désespéré pour se libérer du licou.

Finalement, la porte s'ouvrit de nouveau, et des voix me parvinrent. L'homme qui venait de surgir sur le seuil n'était pas Loomis Broom.
– Allons, qu'est-ce que tu fabriques, toi? demanda-t-il au chien.

Une voix de femme s'éleva à l'intérieur de la cabane.
– Il sent la viande, voilà ce qu'il y a, et il cherche à se détacher pour aller s'en gaver à s'en rendre malade!

Une voix d'homme renchérit:
– Fais donc rentrer ce chien, Clarence. Et referme cette porte, cré bon sang! On gèle, là-dedans! Entends-tu? Et que ça saute!

Le dénommé Clarence détacha le chien, et je les vis tous deux disparaître dans la cabane, dont la porte se referma en claquant. Non loin de là, sur ma gauche, s'élevèrent un instant les protestations ensommeillées des pensionnaires d'un poulailler, que tant de tapage dérangeait manifestement.

Quelque chose de doux venait de m'effleurer la joue. Je levai les yeux vers le ciel. La lune avait fondu en une tache blafarde, et toutes les étoiles avaient disparu. Il neigeait. De gros flocons duveteux dansaient à ma rencontre. Un par-ci, un par-là. Ils n'étaient pas nombreux encore. J'en reçus un sur le bout du nez, où il s'empressa de fondre.

De l'intérieur de la cabane me parvinrent les échos d'une querelle. Il me sembla identifier le fracas d'un objet métallique – poêle, casserole ou autre instrument de cuisine – lancé à la tête d'un adversaire, argument qui parut mettre fin à la bruyante discussion. Une voix de femme enfin se détacha sur fond de silence, d'un ton qui semblait sans réplique.

Le chien émit un jappement indigné, un seul, puis se résigna au silence. Au son de cet aboiement, je remerciai le ciel d'avoir fait enfermer le fauve. L'ennui, c'est qu'il n'était plus attaché : que le porte s'ouvrît à la volée, et la bête en rugissant se précipiterait dans la nuit pour défendre son territoire. J'avais intérêt à me faire plus silencieux que le vent. J'étais sur les terres des Broom, à présent, et probablement le chien noir n'était-il pas tendre envers les intrus. Il n'avait rien d'un caniche.

Ainsi donc, si j'avais bien compris, notre cerf était suspendu quelque part derrière la cabane. Je n'avais plus qu'à y aller voir. Mais pas tout de suite. Mieux valait attendre que les Broom aient éteint leur lampe à pétrole...

Un frisson me parcourut l'échine. Etait-ce le froid ou la peur? Les deux, vraisemblablement. Pourtant, il me semblait avoir plutôt moins peur que quelques instants auparavant. Je tendis un bras devant moi, pour voir si je tremblais. Mes doigts se tenaient bien droits, bien raides. Mais peut-être étaient-ils gelés.

La lumière s'éteignit, au rectangle de la fenêtre. Je la vis soudain papilloter, virer du jaune au bleu-mauve, au violacé, au noir complet. Quelque part dans la cabane, quelqu'un laissa tomber une lourde botte sur le plancher, puis une autre.

Attendre. Encore attendre. Et espérer que les Broom n'étaient pas du genre insomniaque. Espérer qu'ils ne dormaient pas tout habillés. Et qu'ils ne gardaient pas leurs fusils chargés.

Je n'avais pas entendu d'enfant. Sans doute, s'il y avait des marmots, les avait-on flanqués au lit beaucoup plus tôt.

Enfin, à titre d'essai, je hasardai un pas en avant.

Rien de spécial ne se produisit. Alors, tous mes sens aux aguets, je risquai un second pas, un troisième, un autre, encore un... Je parcourus ainsi deux ou trois mètres.

Quelqu'un se mit à parler dans la cabane.

Je me figeai sur place. Mais le silence s'était refermé et je me remis en marche, tout doucement, décrivant un large cercle autour de la maison, d'une ombre à l'autre. Je finis par me retrouver au nord de la cabane de rondins, à moins d'un jet de pierre... De là, je pouvais deviner la carcasse de cerf, suspendue à l'avant-toit : une forme sombre, massive, immobile...

Le morceau de bravoure, à présent, c'était de me glisser jusque-là. J'essuyai de mon visage quelques flocons qui s'y attardaient et, courbant le dos, ployant les jambes, j'entrepris de piquer droit sur la cabane.

« Vais-je oser le faire ? m'inquiétais-je. Vais-je avoir le culot d'avancer jusqu'à cette cabane et de chiper aux Broom cette pièce de vénerie ? Si je vais l'oser ? Et comment, oui ! Parce que ce n'est pas du tout *leur* gibier ; c'est le nôtre. »

Arrivé à pied d'œuvre, je relevai les yeux vers ce paquet de viande, froide et crue. Elle ne me faisait pas saliver, loin de là ! Mais il me fallait ce cerf. Pour Sabbat Kirk. Et pour Tool. Il le fallait.

Le vieil homme m'avait montré, la veille au soir, une espèce de fil évoquant le nylon, fin et résistant : du boyau de cerf séché. Il m'avait dit que c'était cette fibre qu'utilisaient les Indiens, traditionnellement, en guise de corde pour leurs arcs. Et cette corde de boyau de cerf, justement, je la retrouvais là : une main habile en avait ligaturé les andouillers, à l'aide d'une série de nœuds très serrés, et le tout était solidement attaché à un chevron de l'avant-toit. Je faillis me couper les doigts, à tirer sur ces cordes fines.

Puis je me souvins du couteau. Je le tirai de son fourreau et me mis en devoir de scier le boyau de cerf. Hélas, la lame grinçait abominablement, sur ce matériau souple et glissant. J'entendis une voix marmotter quelque chose, à l'intérieur de la cabane. Je suspendis l'opération, le temps de compter jusqu'à quatre cents. Puis de nouveau, précautionneusement, j'appuyai la lame contre le boyau de cerf. Le même grincement reprit, plus discordant et sonore que le son d'un crincrin en goguette. Il ne me fallut pas vingt secondes pour comprendre qu'il était exclu de trancher ces satanés boyaux, et donc de détacher la bête. Insister eût été suicidaire.

La seule chose qui avait des chances de finir tranchée, dans l'affaire, c'était la gorge maigre de ce benêt de Collin Pepper.

« Oh, non! m'entendis-je gémir intérieurement. Je ne suis tout de même pas venu jusqu'ici pour rien? Et pourtant, ça m'en a tout l'air, mon pauvre vieux. Encore un échec. Laisse tomber, va. C'est couru d'avance. N'insiste pas. Laisse ta mère tapisser de papier l'intérieur de tes tiroirs... »

Non, ce n'était pas possible. Je ne serai pas venu là pour rien. « Je le rapporte, ce rôti, monsieur Kirk, soyez tranquille. Dormez sur vos deux oreilles. Et toi aussi, Tool, dors tranquille.

Je suis en train de faire les courses. Le rôt arrive. Ce ne sera peut-être pas du gibier, mais il y aura de la viande sur la table, saperlipopette! »

Par acquit de conscience, reprenant le couteau, je tentai encore deux ou trois petits coups de scie sur ces damnés boyaux. Ils protestèrent plus aigrement que jamais, et cette fois je n'insistai pas.

« Tout doux, me dis-je. Ne prenons pas de risques. »

Alors, à regret, je m'éloignai de la carcasse de cerf. Sur la neige crissante, à pas de velours, je me glissai vers la façade ouest de la cabane, attentif à ne pas trébucher sur les innombrables saletés qui traînaient un peu partout. On n'était pas maniaque de l'ordre, chez les Broom! Il y avait de tout partout. Outils, boîtes de conserve, vieux bidons – de quoi déclencher un de ces concerts nocturnes! Le vieux Kirk, par comparaison, était un modèle d'ordre et de propreté. Sauf pour le dessous de son lit, à vrai dire...

Penser à lui me fit sourire. C'était inimaginable, tout ce qu'il avait pu m'apprendre en trois jours. Et certains de ses dires prenaient un relief nouveau, tout à coup. Au fond, c'était un bon bougre.

Devant moi se profilait la silhouette sombre et de guingois de l'une des baraques entourant la cabane. Le poulailler, sans doute. Je devinai un loquet, le soulevai sans bruit et poussai lentement la porte. Je m'étonnais moi-même d'être capable de faire aussi peu de bruit.

Les volailles dormaient comme des souches.

Je tendis les bras en avant et refermai les mains, au jugé, sur ce qui devait être des cous. Le geste était bon – c'étaient bien des cous qu'enserraient mes doigts. L'une des deux volailles laissa échapper un couac. L'autre n'en eut pas le temps.

Hélas, un seul couac sonore suffisait. En moins d'une seconde, toutes les volailles de tous les poulaillers du Vermont criaillaient leur indignation. Sans prendre le temps de refermer la porte, je m'élançai vers les broussailles, une prise à chaque main, entouré d'une flopée de volatiles affolés.

Le chien avait poussé un aboiement furieux. Je forçai encore l'allure, à travers les fourrés. La neige s'était mise à tomber dru, et je n'y voyais rien devant moi.

J'entendis une voix tonner :
– Mon fusil !
– Les poules sont lâchées, Clarence. Je parie que c'est un renard ! Ou les chiens sauvages. Le cerf, vite ! Qu'ils n'aillent pas le voler !

J'entendais toujours, à peine assourdi, le concert de cris et de gloussements du poulailler en émoi. Le chien avait été lâché, ce qui achevait de mettre la panique chez les poules. L'un des

Broom, à pleine voix, en accusait un autre d'avoir mal refermé le poulailler.

Mes deux volatiles à moi se débattaient de leur mieux, et je resserrai les doigts autour de leur cou chaud. Je manœuvrais tant bien que mal entre les troncs, sans savoir quelle direction prendre. La piste que j'avais suivie à l'aller demeurait introuvable. Elle avait disparu dans la neige et la nuit.

Pourquoi donc avais-je gaspillé tant de précieuses minutes à tenter de cisailler ces satanés boyaux?

« Suffit, Pepper. Ne raisonne pas dans le vide. Essaie plutôt de retrouver cette trace... »

Les yeux vissés sur le sol, je constatai avec horreur que je laissais moi-même des traces, et particulièrement voyantes. Mes poulets étaient encore animés de soubresauts. Leur duvet, en voletant, se mêlait aux flocons de neige.

J'entendais toujours les aboiements furieux du chien, quelque part derrière moi. Mais je n'avais pas l'impression qu'ils se rapprochaient.

Trempé, à bout de forces, je courais toujours, m'efforçant de décrire un cercle qui me ramènerait vers la gauche, vers le sud, vers la piste que j'avais suivie pour arriver ici.

Des épines acérées me griffaient au passage, s'agrippaient à mes vêtements, m'obligeaient à faire halte pour me dégager de leur emprise. J'en avais les joues cuisantes d'égratignures entrecroisées. J'aurais voulu pouvoir desserrer mes doigts du cou de ces volailles, mais si elles se remettaient à crier, je serais aussitôt repéré, et le chien me rattraperait en trois bonds. Peut-être était-il déjà à mes trousses?

Je comptais pourtant sur la neige pour déjouer son flair et brouiller ma piste. Par bonheur pour moi, là-bas, à la cabane, la confusion était à son comble : les humains s'époumonaient – les uns criant après les autres –, la volaille n'en finissait pas de s'indigner – tout le poulailler devait s'être égaillé dans la nature – et l'odeur du gibier suspendu à son chevron achevait apparemment d'exaspérer le chien...

La neige tombait dru, à flocons minuscules, mais serrés, têtus, pressés d'atteindre le sol. Ils avaient tôt fait de s'agglutiner sur mon visage chaque fois que je relevais le nez pour interroger le ciel. Un ciel noir et de plein hiver. « En avril, à Paris... », disait la chanson, cette chanson qu'adorait ma mère. Je me sentais prêt à en composer un pastiche : « En avril, dans le Vermont... »

« Je suis perdu, flambé, foutu, me dis-je brusquement. Et de toutes les manières possibles.

« Me voilà égaré en pleine forêt, au milieu d'une tempête de neige, et tout ce que je trouve à faire, c'est rabâcher de vieilles rengaines.

« Il me manque une case, cette fois, c'est sûr. »

Puis je tentai de me raisonner. « Non, tout n'est

peut-être pas fichu, mais il est grand temps de réfléchir. Ne plus courir. Faire le point. Il doit y avoir moyen de s'en sortir. Que faire? Peut-être essayer de décrire une boucle; je devrais finir par retomber sur cette sacrée piste creusée par Broom quand il remorquait le cerf. »

Je me mis en marche, les doigts toujours crispés sur mes deux pauvres volailles, à présent mortes étranglées. J'espérais bien que leurs cous osseux conserveraient assez de chaleur pour éviter à mes mains de geler.

Et je continuai d'avancer, mécaniquement, entre des troncs qui me semblaient tous identiques, m'attendant à voir un Broom surgir de derrière chacun d'eux. Ou leur adorable chien bondir de derrière un fourré. Je n'avais qu'une idée : appeler au secours. A plein gosier. Mais ce n'était pas une excellente idée.

Lorsque je l'aperçus, je n'en crus d'abord pas mes yeux. Et je faillis pleurer pour de bon. Mon mouchoir, mon petit mouchoir sale! Il flottait là, bravement, comme un vaillant petit drapeau.

Chapitre 21

D'un doigt, sans lâcher mes volailles, je reprin mon vieux mouchoir, et retrouvai bientôt le fusil. Il était bien exactement là où je l'avais caché, tout juste un peu enfoui sous la neige. J'avais intérêt à ne pas oublier qu'il était chargé. Et à ne plus perdre un instant : la neige qui tombait effaçait de minute en minute le sillon tracé par Broom et son fardeau.

Comment répartir mon chargement ? Le fusil était lourd, plus lourd que mes deux volatiles. Je décidai de prendre le Purdey dans la main gauche, tandis que, de la droite, j'empoignai par une patte chacune de mes deux bestioles. Curieux comme j'avais tendance à songer « mes » volailles.

« Dis donc, elles ne sont pas à toi, Pepper. Tu

les as volées il y a moins d'une heure, tu te souviens ? »

Si je m'en souvenais ? Plutôt, oui. Même que je les avais barbotées à un dénommé Loomis Broom. Un haut fait dont, probablement, peu de citoyens pouvaient se targuer, Broom n'étant pas homme à laisser ses voisins se servir dans son poulailler.

« Le droit, la loi », m'avait dit mon père. J'étais censé étudier la loi, sur ces pentes du Vermont.

« Eh bien, si tu veux savoir, Papa, j'apprends vite. »

La loi n'existait pas, dans ces étendues sauvages. Hormis peut-être deux ou trois règles de courtoisie, comme celle qui interdisait de tirer sur un lapin levé par le chien d'un autre – rien de bien formel, de toute façon. Non, la seule loi en vigueur, c'était celle de la nature. Œil pour œil, dent pour dent. Deux poulets contre un cerf. Pas bien avantageux, comme échange, mais il fallait ajouter le lapin. Le lapin, d'après Loomis Broom, lui revenait de droit. Donc, raisonnais-je en trottinant, c'est le taux d'échange, au cours de l'endroit, pour cette nuit : un lapin plus deux poules égalent un cerf – une carcasse plutôt mal parée. C'est le tarif.

« Allons, Loomis, me dis-je, tu n'as pas fait une trop mauvaise affaire... »

Je sentais revenir mon envie de rire de tout, de

ne rien prendre au sérieux. J'avais le cœur plus léger – mais ce n'était pas une raison pour perdre le sens des réalités : était-ce bien vers le sud que je trottais si allégrement?

Quelque chose me disait que oui. J'étais prêt à le parier, tiens! Prêt à parier ma tête que je me rapprochais de la cabane – de la bonne cabane, de la *nôtre*. A défaut de ma tête, c'était peut-être ma vie que je pariais.

« Eh, les gars, je vous présente Pepper, le plus grand parieur de Las Vegas*. Joueur de poker. Empocheur d'enchères. Deux poulets pour M. Pepper, emballez, c'est gagné! »

Tout absorbé que j'étais par mes propres plaisanteries, je faillis bien laisser tomber le Purdey, que mes doigts gourds ne sentaient même plus. Puis mon cœur, tout à coup, fit un bond dans ma poitrine : la bûche de l'aller! Celle où avait dû s'asseoir Broom! Je me dirigeais donc bien vers le sud.

« Ouais! me félicitai-je. Le pari était bon! Bon sang, je ferais bien une petite pause... Pas fou, non? Allonge la jambe, oui, plutôt! La bergerie n'est plus très loin. »

En débouchant dans la clairière où, de longues heures auparavant (mais n'était-ce pas plutôt la veille?), M. Kirk avait abattu le cerf, je ne pus retenir un ululement de triomphe.

* Las Vegas : ville du jeu aux Etats-Unis.

213

Mission accomplie! Enfin, presque. Et je ne pouvais pas y croire. M'entendez-vous, Josh, Horace et les autres? J'ai réussi! L'idiot, c'est que vous n'en savez rien, tous autant que vous êtes... Et ce sont des flocons de neige qui voltigent autour de moi, ce ne sont pas des confettis...

J'avais l'impression d'y voir plus clair. Mes yeux devaient s'accoutumer à l'obscurité, sans doute. J'étais en train de devenir un vrai hibou. La nuit me paraissait moins noire. Chaque arbre et chaque rocher me semblaient soudain familiers. Mes narines respiraient à plaisir la fraîche odeur des aiguilles de pin.

Les flocons de neige se faisaient plus épars, plus lents, presque hésitants. Je levai les yeux. Le ciel était toujours couvert, il n'y brillait pas une étoile.

Brusquement, je ne sais pourquoi, j'entendis ma mère jouer du piano, quelque part au fond de mes souvenirs. Il me vint un désir violent de l'entendre réellement, ici même, sur-le-champ, et j'en eus la gorge nouée.

Puis une odeur de feu de bois me parvint et m'envahit. C'était plus qu'une odeur : un parfum. La cabane! La cabane était en vue, là, devant moi. J'y courus à fond de train.

– Monsieur Kirk!

J'avais manqué d'emboutir la porte. Il était là, debout devant l'évier, il me tournait le dos. Il regardait par la fenêtre. Il n'avait pas même allumé une bougie. Mais j'y voyais étonnamment clair.

Sans se retourner, il me demanda d'une voix rauque :
– Déjà debout ?

Sa question m'arrêta net. Je raccrochai doucement le Purdey à son râtelier, et laissai tomber mes volailles dans la neige, sur le pas de la porte, avant de refermer le battant derrière moi. Pris d'un brusque vertige, je faillis m'écrouler au beau milieu de la pièce. Et je ne trouvai rien de mieux à faire que de poser, machinalement, l'une de mes questions stupides :
– Quelle heure est-il ?

Il eut un grognement.
– Le matin.

J'en fus abasourdi. Voilà donc pourquoi j'y voyais si clair, dans la pénombre. L'aube était de retour. Le vieil homme avait dû dormir toute la nuit. Il ne s'était pas rendu compte, en tout cas, que j'avais passé la nuit dans les bois, du crépuscule au point du jour.

« Où donc es-tu allé galoper ? » m'aurait-il demandé sans doute, s'il avait su.

« Baste, étais-je prêt à répondre, je suis allé faire un petit tour du côté de chez nos amis Broom, pour une histoire de dédommagement. Ce n'est pas tellement loin, au fond, même par une tempête de neige. Et je connais ces bois du Vermont comme ma poche, maintenant – comme si j'y avais vécu toute ma vie. J'ai gardé mon sang-froid et je m'en suis tiré tout seul, sans m'affoler, sans gémir... »

Je me laissai tomber sur ma litière.

— Hé? Tu es malade?

— Non, dis-je. Epuisé, c'est tout.

— Epuisé? A cette heure-ci? Et tu retournes au lit? C'est l'heure où les honnêtes gens se lèvent, et tu vas me faire le plaisir d'en faire autant. Une bonne journée de travail, il n'y a que ça de vrai. Et ce soir, peut-être, nous souperons d'un bon ragoût de gibier!

— Peut-être, et peut-être pas.

Toujours allongé sur mon sac de couchage, je le vis soudain se raidir, agripper des deux mains le rebord de l'évier, vaciller.

Je bondis. J'arrivai juste à temps pour l'empêcher de s'écrouler sur le sol ou d'aller donner de la tête contre le poêle.

Il était brûlant et sans force. J'examinai son visage à la faveur du petit jour qui s'infiltrait par la lucarne : il était cramoisi, il avait les traits creusés, crispés dans une grimace de douleur.

— Qu'est-ce qui ne va pas?

— J'ai mal; ça cogne.

— Bon sang, et moi qui croyais que vous alliez mieux, à vous voir, comme ça, debout...

Je l'aidai à se traîner jusqu'à sa couche. Sous sa longue chemise grise, je sentais son corps en feu, un véritable poêle ambulant. Je me demandai si cette chemise était son unique sous-vêtement, s'il l'avait portée tout l'hiver. Cela m'en avait tout l'air.

Lorsqu'il fut étendu, j'examinai sa jambe. Elle était toujours aussi enflée. Mais cette cheville endommagée n'était pas, il me l'avait dit, ce qui le faisait le plus souffrir. Et sa fièvre de cheval devait provenir d'un autre mal.
– Où les sentez-vous, ces douleurs, au juste? Partout?
– Au ventre.

Le timbre même de sa voix avait changé. Au lieu de gronder comme un fauve, il parlait à mi-voix, et les mots qu'il prononçait – chichement, un à un – semblaient provenir de très loin. Il était là, sur sa couche, et pourtant il me semblait qu'il s'éloignait, en route sur Dieu seul savait quel chemin.

Il avait peine à respirer. Tout à coup, il retint son souffle, comme s'il allait suffoquer.

Tool se mit à gémir doucement. Elle était toujours blottie là où je l'avais installée, bien au chaud, près du poêle. Ses yeux bruns ne se détachaient pas du coin de la pièce où gisait son maître.
– Les haricots.

Le vieil homme avait prononcé ce mot entre ses dents, comme s'il lui en coûtait de l'évoquer.

— Vous voulez que je vous en prépare une platée ?

— Oh non ! C'est de là que vient le mal, tu vois. J'en suis sûr, à présent. De tout l'hiver, je n'ai mangé que ça. Des haricots, des haricots, des haricots... Et je le paie cher, maintenant.

— Je ne comprends pas.

— Ils m'ont massacré les boyaux. Donné des gaz. M'ont fait gonfler comme un ballon, souventes fois. J'ai l'impression que mon ventre est près d'éclater.

Couché sur le côté, il se tenait le ventre à deux mains, le visage grimaçant.

— Monsieur Kirk, il faut que je vous examine.

— Sûrement pas. Je t'interdis de me toucher.

— Désolé. Il le faut.

Très doucement, prenant tout mon temps, je déboutonnai un à un les boutons de la longue rangée qui fermait sa chemise, m'attendant à tout moment à devoir esquiver un coup de poing. Il avait des poings comme des maillets.

— Là, doucement. Laissez-moi faire.

Si la peau de sa poitrine glabre était blanche comme du sucre, celle de son ventre, par contre, me parut rouge et boursouflée. Elle était en feu sous mes doigts. Légèrement, sans insister, j'enfonçai un doigt sur son côté gauche. Il ne réagit pas. Mais c'est à peine si j'effleurai son côté droit : tout son corps, aussitôt, se tordit violemment, et il poussa un hurlement.

Chapitre 22

– Pas de problème : c'est votre appendice.
Il eut un ricanement étouffé.
– Tu te figures en savoir long. Mais tu n'es pas docteur, que je sache.
– Non, mais, je vous l'ai dit, mon grand-père est médecin, et il m'a appris pas mal de choses; et j'ai passé des journées entières le nez dans ses bouquins, depuis que je suis tout petit. En plus, j'ai pris des cours de secourisme – j'en suis au second degré. Et justement, l'un des dangers sur lesquels on attire votre attention, dans ces cours, c'est celui de l'appendicite aiguë – la perforation de l'appendice, si vous préférez.
– Bon, eh bien, je n'ai rien de perforé.
– Monsieur Kirk, je vais vous poser quelques questions, et il va falloir me répondre franche-

ment, comme un honnête habitant du Vermont.
– Mouais.
– Il nous arrive à tous d'avoir des maux de ventre. Avez-vous déjà eu des douleurs aussi violentes que celles-ci?
– Jamais eu aussi mal. Non, jamais. Mes pauvres boyaux, c'est sûr, ont eu leurs misères, quelquefois, mais ça allait toujours en s'améliorant. Alors que là, d'heure en heure, c'est pire. Comme si quelqu'un me fouaillait les tripes avec la pointe d'un couteau.

Je m'efforçai de réfléchir. Pour les haricots, M. Kirk n'avait pas tort. Moi-même, ces jours derniers, j'avais senti à plusieurs reprises mes boyaux protester vigoureusement, après les copieuses platées que je leur en avais infligées. Les haricots étaient donc une sorte de laxatif ou en tout cas un aliment susceptible d'irriter l'intestin. Surtout à fortes doses. Or le vieil homme, il me l'avait dit, s'en était nourri presque exclusivement durant tout l'hiver. Pas précisément excellent pour l'intestin, ce genre de régime.
– Et vous avez vraiment très mal?
– Je ne peux plus penser à autre chose.

De nouveau, il s'empoignait le ventre, les genoux remontés.
– Ce matin, poursuivit-il, j'ai avalé deux ou trois gorgées d'huile de paraffine; ça devrait me lâcher le ventre. Une fois que je serai allé sur le trône, je me sentirai mieux, pour sûr.

– Vous avez...?

Là, sur la table de nuit, j'avisai le flacon d'huile de paraffine. Je refusais d'y croire : il avait fait très exactement ce qu'il ne fallait pas faire, il avait absorbé la substance qui, par excellence, pouvait lui faire le plus de mal.

– Tu... Va falloir... m'aider... mon gars...

Sa voix se brisait. Les mots qu'il bredouillait à présent étaient hachés, presque inaudibles, lourds de souffrance.

– Jamais... Jamais eu... mal comme ça... Déjà eu... ce mal-là... à cet endroit... mais jamais... cogné si fort...

– A quelle distance d'ici est le médecin le plus proche?

– Un jour.

– De marche?

– Oui.

– Dans quelle direction?

– Par là... Dresden.

– Je vais aller le chercher. Je tâcherai de courir.

– Non... N'y va... pas.

– Il n'y a pas de temps à perdre, monsieur Kirk. Vous m'avez dit que vous aviez l'impression d'être prêt à éclater. Eh bien, c'est tout à fait ça. Votre appendice est peut-être bien prêt à se rompre.

– Hmm.

– Dites-moi exactement ce que vous ressentez.

– Comme si j'allais... exploser.
– Dresden, c'est à combien d'ici, en kilomètres?
– Sais pas... Jamais eu besoin... de savoir. 'Fait rien, mon gars... Le temps que tu... reviennes... j'y serai plus.

Un accès de douleur lui arracha un cri.
– Oh... s'il te plaît... petit... Faut que tu fasses... quelque chose.

J'imbibai d'eau un chiffon, et bassinai son visage ruisselant de sueur. Il serrait les paupières, et son menton tremblait sous sa maigre moustache blanche.
– 'Coute-moi... mon gars.
– Je suis là, monsieur Kirk. Je ne vous quitterai pas. Je vous le promets.

Sans prévenir, il m'empoigna la main, et la serra comme dans un étau.
– Je sais... Mais écoute-moi... Ce que j'ai... là-dedans... faut que ça sorte... Faut l'enlever... Vaudrait mieux... que tu le fasses tout de suite.
– Que je fasse quoi?
– Enlever ça... de mon ventre... Tout de suite... *Tout de suite!*
– Mais je ne suis pas médecin! Je ne peux pas!
– Tu peux... Collin... Je sais que tu peux... faire ce qu'il faut faire... Je te fais confiance... Il faut...

Il m'enserrait les deux mains dans sa grande pince de homard, et les pressait si fort que j'en avais mal aux jointures.
– Je te connais, va... Deux, trois jours... moi, ça

me suffit... Je te connais... Ce qui est en toi est bon... Mais... ce qui est en moi est mauvais... Faut l'enlever... et vite... parce que je ne pourrai bientôt plus... le supporter.
– Vous voulez que je...

Il plongea son regard dans le mien, fit oui du menton, imperceptiblement, la nuque raide.
– 'Sais pas ce que c'est... mais faut que tu l'enlèves... d'un coup... tout de suite.

J'avalai ma salive.
– Vous avez du whisky? Ou de l'eau-de-vie? Quelque chose?

D'un geste las, il m'indiqua une étagère.

J'attrapai un flacon, fis sauter le bouchon, humai le fond de liquide qu'il contenait.
– Diable, ça m'a l'air costaud. Qu'est-ce que c'est?
– De l'alcool de pomme.
– Tenez, buvez donc un peu.

Il en avala plusieurs petites gorgées.
– C'est fort? demandai-je.
– De quoi se piquer le nez... vite fait...

Moi, je l'aidais à tenir ce flacon à peu près vide, tandis qu'il s'incendiait le gosier, à toutes petites gorgées. Je voyais sa pomme d'Adam aller et venir, sous la peau de son cou osseux.
– N'avez qu'à le finir, si vous le pouvez. Il n'y en avait vraiment pas beaucoup.

Je cherchai le savon, m'exaspérai de ne pas le trouver et, dans la panique, envoyai valser diverses fioles et autres récipients. « Du calme, Pepper, me dis-je. Ce n'est pas le moment de perdre les pédales, vraiment pas. »

Ayant enfin déniché le savon, je remontai mes manches en les roulant soigneusement sur mes avant-bras, puis je m'enduisis de mousse, du bout des ongles jusqu'aux coudes. Toutes sortes de pensées contradictoires tourbillonnaient dans ma tête. Pour qui me prenais-je donc ? De quoi me croyais-je capable ? Que diable m'apprêtais-je à faire ? Et pourquoi moi ? Etais-je vraiment obligé de le faire ?... Non, ce devait être un cauchemar... Ou allais-je réellement faire *ça* ? J'en tremblais, j'en avais les jambes molles. Pourquoi, mais pourquoi moi ?

Parce que je suis tout seul ici. Parce qu'il n'y a personne d'autre pour porter secours au vieil homme. Parce qu'il va mourir, si je n'y arrive pas...

Tool s'était mise à japper.
– Oh, s'il te plaît, Tool, ma belle..., l'implorai-je.

Par bonheur, il y avait de l'eau chaude dans la bouilloire, au coin du poêle. Le vieil homme sans doute l'avait mise à chauffer pour préparer quelque chose, lorsque je l'avais trouvé debout, au retour de mon expédition nocturne. Sottement, sans réfléchir, j'entrepris de me rincer les doigts directement sous le jet sortant du bec de la bouilloire, et je faillis m'ébouillanter bel et bien.

Surtout, surtout, ne pas perdre la tête.

Oh, Seigneur, vais-je pouvoir? Mais je n'avais pas le temps de prier. Toute l'opération serait à sa manière une prière, et je suppliais le ciel, par avance, de me soutenir tout du long.

Je me précipitai au-dehors pour y reprendre les chiffons propres que j'avais sortis la veille, « pour envelopper la viande ». Mais propres, l'étaient-ils encore? Devais-je les stériliser? Et comment? Non, tant pis, pas le temps. Et maintenant, où en étais-je? Ah, trouver des instruments – du matériel chirurgical de fortune.

– Vite..., marmonnait Sabbat Kirk. Vite.

Le flacon d'alcool de pomme était retombé sur sa poitrine. Il en restait quelques gouttes.

– Oh, finissez-le donc, dis-je au vieil homme en revenant vers lui pour l'aider.

– 'Peux pas.

– Si, il faut le boire, ou sinon...

Je n'achevai pas ma phrase.

Poursuivant mon inventaire – hâtif mais systématique – des placards de la cabane, je tombai sur un trésor: une bouteille de phénol, à peine entamée. J'en déversai dans une casserole la moitié du contenu, que je coupai d'eau chaude. Puis j'ébouillantai le couteau de chasse, et le plongeai dans le phénol pour le stériliser. J'examinai la lame, perplexe. Elle était propre et bien aiguisée, mais...

Vite. Que pouvaient recéler d'utile les précieuses boîtes à café ? Je les renversai sur la table. Il y avait là suffisamment de ferraille, de vieilles rondelles, de bouts de ficelle, d'élastiques, de boutons, de vis et de pièces détachées non identifiables pour remettre en état trois ou quatre paquebots et cinq ou six avions de chasse. Sabbat Kirk était de ceux qui ne jettent jamais rien, parce que tout, n'est-ce pas – qui sait ? – peut avoir son utilité un jour. Epingles de nourrice, agrafes et trombones côtoyaient ici boulons et vieux bouchons.

Mais combien de scalpels utilisait un chirurgien, au cours d'une opération ? Je décidai qu'un unique couteau ferait l'affaire. De toute façon, je n'avais que deux mains, et ne pouvais donc en manier qu'un...

Vais-je réussir à le sauver – ou vais-je l'achever ? Cette question tournoyait dans ma tête, comme l'insecte autour de la lampe. A la même seconde, pourtant, je trouvais le moyen de me demander quel devait être le geste suivant.

Dans l'une de mes valises, dormait un pull tout neuf – encore dans son sac de plastique. Je récupérai le sac et me ruai dehors pour le remplir de neige. Puis, revenant vers le vieil homme, je déposai prudemment ce sac glacé sur son abdomen, dans l'espoir que le froid l'anesthésierait un peu. Ce problème de l'anesthésie était l'une des choses qui m'inquiétaient le plus. La neige et la gnôle, voilà tout ce dont je disposais pour endormir mon patient.

Ayant fait mon choix d'instruments divers dans les boîtes à café, je les disposai sur un chiffon propre, après les avoir passés dans le phénol. A défaut d'être tout à fait adapté, l'assortiment avait de quoi impressionner. Il y avait là, en plus du couteau de chasse, deux pinces à épiler, cinq trombones de différentes dimensions, une demi-bobine de fil, une poignée de pinces à linge – trouvailles pour lesquelles j'avais ardemment remercié le ciel. J'y avais ajouté cinq vieilles cuillers à dessert. Le tout généreusement arrosé de phénol.

« Tu es loin d'être idiot, Collin. » Pour tenter de me rassurer, je me répétais à l'envi ce que mes professeurs m'avaient si souvent dit. « Tu n'es pas bête du tout, c'est la flemme qui te perd. Tu joues les play-boys, les dilettantes... » Je savais qu'ils avaient raison. Je l'avais toujours su. Ce n'était pas d'une psychanalyse que j'aurais eu besoin, mais d'un coup de pied au derrière. « Tu pourrais réussir des quantités de choses, si tu voulais t'en donner la peine... » Cela aussi, ils me l'avaient souvent répété, et j'avais grand besoin, maintenant, de le leur entendre dire encore. M'en donner la peine? Cette fois, j'y étais prêt. Mais cela suffirait-il?

Oh! Seigneur, Seigneur, que j'ai froid, que j'ai peur... O Dieu, si vous êtes au ciel, si vous existez, aidez-moi dans cette mauvaise passe, permettez-moi de le sauver! Je ne vous demanderai plus rien, plus jamais rien. Donnez-moi la force de le faire, et d'y arriver...

Je transportai tout mon matériel, dans un couvercle de boîte, jusqu'à la table de nuit, et me tournai vers le vieil homme.
– Voilà, lui dis-je, en lui glissant entre les dents une brindille de pin. Mordez là-dedans. Et priez si vous le pouvez.

Dire que je ne pouvais même pas attendre le jour! J'allumai la lampe à pétrole et tous les bouts de bougie disponibles – sept en tout.

Puis ma vue se brouilla tout à fait, parce que, sans le savoir, sans le vouloir, je m'étais mis à pleurer. Toute mon angoisse s'était changée en larmes, qui ruisselaient, brûlantes, le long de mes joues. Je les essuyai d'un revers de la main et serrai les paupières pour écraser les dernières.
– Allez, sucre d'orge, m'ordonnai-je tout haut. Vas-y.

Je retirai vivement le sac de neige, passai mes mains, une dernière fois, au savon et à l'eau chaude. Puis je savonnai avec soin son ventre ballonné, le rinçai à l'eau tiède, le tamponnai doucement pour le faire sécher.

Je pris le couteau de chasse, l'assurai dans la paume de ma main.

Tool eut un gémissement, mais elle ne bougea pas.

Alors je plongeai la lame dans la chair, et le plus atroce ne fut pas de voir sourdre le sang. Le plus dur, le plus violent, ce fut cette décharge de douleur, fulgurante, qui passa du vieil homme au manche du couteau, à la paume de ma main, pour aller se planter dans mon cœur.

Chapitre 23

Je priai le ciel qu'il fût ivre.

J'avais entamé mon incision à distance égale, environ, de l'os iliaque et du nombril. J'incisai l'abdomen sur une douzaine de centimètres, en biais, en direction de l'aine.

Il saignait abondamment. Mais à cela, j'étais préparé. Je tamponnai le sang, ouvris l'incision au moyen de deux cuillers, à l'aide desquelles je m'efforçai de la maintenir béante. Sous le tissu de chair, je me trouvai en présence d'une nouvelle enveloppe, devant laquelle je restai un instant perplexe. C'était comme une sorte d'emballage interne, une espèce de fine membrane translucide et d'un blanc grisâtre, qui ressemblait vaguement à une feuille de plastique, humide et luisante.

J'appelai à mon secours, intensément, cette planche que j'avais si souvent contemplée, représentant l'abdomen humain, dans l'un des ouvrages de chirurgie de mon grand-père. Cette enveloppe devait s'appeler le péritoine, je m'en souvenais à présent. Et toute l'image me revenait, bien nette. Mais elle ne ressemblait guère à ce que je voyais là.

Il me semblait entendre la voix de mon grand-père : « La chirurgie n'est jamais la première solution à envisager. Ce n'est au contraire qu'un dernier recours. » Malheureusement...

Le vieil homme saignait abominablement. Je m'efforçais d'éponger le sang qui s'écoulait sans trêve de chacune des deux lèvres de la plaie. Etais-je en train de commettre une erreur grossière ? Avais-je bien fait d'inciser, ou fallait-il attendre, temporiser, réfléchir ?

Je pris deux autres cuillers, pour ouvrir davantage l'incision. Et j'y vis soudain plus clair. La fine membrane, plaquée contre les organes, en épousait la forme.

Cette fois, j'y étais. L'appendice était là, juste sous la membrane. Non, je ne pouvais pas le voir, mais je savais l'endroit exact où il était censé se trouver. Je palpai et le sentis sous mes doigts, juste là où il devait être, attaché à l'endroit où l'intestin grêle débouche sur le gros intestin. Il me semblait voir, du bout des doigts, ce que mes yeux ne pouvaient pas voir.

Toujours du bout des doigts, je palpai l'appendice. Il était long comme mon index ou comme mon majeur, à peu près – et ne me semblait pas particulièrement tuméfié. Se serait-il déjà perforé?

Vite, oh vite, tâcher de me remémorer tout ce que j'avais pu lire sur le sujet! Mes doigts continuaient leur propre lecture méthodique, à la recherche de quelque boursouflure qu'ils ne parvenaient pas à localiser. Rien, non rien ne semblait spécialement tendu ou boursouflé, rien n'était près d'éclater. Non, je n'inciserais rien par ici, c'était parfaitement inutile. Mais alors? D'où provenaient ces douleurs? Ce ballonnement? Ces élancements? Le vieil homme avait parlé de quelque chose de mauvais, qu'il fallait faire sortir... Oh, je n'y comprenais plus rien.

La tête du vieil homme roulait d'un côté, de l'autre, et respirer lui était douleur. Je lui avais laissé les mains libres, et je le regrettais, à présent. Ses doigts se refermaient spasmodiquement dans le vide, comme s'il cherchait à me happer les mains.

– Ce n'est pas votre appendice, annonçai-je à voix haute, dans l'espoir d'en retirer confirmation moi-même.

Quelque chose me disait pourtant que ma tâche ne venait que de commencer. Les choses avaient l'air normales, mais elles ne pouvaient pas l'être. Ce ventre ballonné, ces douleurs lancinantes avaient nécessairement une cause. Il devait y avoir un geste à faire, mais lequel? Cet appendice à peu près normal me déconcertait plus que tout.

Saisissant l'une des bougies, je l'approchai au maximum du champ opératoire, autant que je pouvais le faire sans risquer de brûler le malade. Dans le même temps, de la main droite, je palpai du bout d'un doigt l'intérieur de la cavité. Au bout de quelques secondes, il me sembla trouver quelque chose d'anormal. Quelque chose qui n'avait rien à faire là. Je ne pouvais pas le voir, mais je le sentais. C'était gros comme une balle de golf, arrondi, caoutchouteux, plutôt mou.

Une tumeur? Cela pointait légèrement vers l'abdomen, comme pour tenter de percer la membrane souple.

Tout en palpant méthodiquement l'objet suspect, j'écartai l'hypothèse de la tumeur. Une tumeur, d'après mes lectures, devait être plus dure au toucher, nettement plus ferme et résistante. Cette forme évoquait plutôt – oui, ce ne pouvait être que cela – une gigantesque poche de pus. Un abcès! Mais comment diable retirer pareille chose, que je ne pouvais ni voir de mes yeux ni atteindre?

Du doigt, je pressai de nouveau sur la chose, et les jambes du vieil homme eurent un soubresaut furieux. J'avais été bien inspiré de m'asseoir sur ses cuisses, pour les immobiliser au mieux.

– Et maintenant, que faire ? demandai-je à voix haute, plus désemparé que jamais.

Il était exclu de refermer la plaie en laissant les choses en l'état, et ce monstre à l'intérieur. Fallait-il inciser de nouveau, plus profondément cette fois ? « Non, non, je ne m'y risquerai pas, me dis-je en tamponnant une fois de plus le flot de sang qui persistait à se ruer dans la plaie béante. Non, je n'entaille pas davantage. »

J'avais les mains qui tremblaient. Je regardai mes doigts, rouges de sang, les passai dans l'un des chiffons. Le chiffon se teinta de rouge. Je m'épongeai les paumes et avisai mes ampoules, à présent cicatrisées.

De quand dataient-elles, ces fameuses ampoules ? De l'avant-veille ? De semaines auparavant ? Je ne le savais plus. Elles avaient guéri comme par enchantement. Le vieil homme les avait simplement percées d'une aiguille, pour en faire écouler le liquide. Il ne les avait pas incisées : percées simplement*.

Réfléchir. Tâcher de penser sainement. Et de rassembler tous mes souvenirs de lecture et de discussions avec mon grand-père.

Qu'est-ce qu'un abcès ? Ne serait-ce pas quelque chose de la même nature qu'une ampoule ou qu'une pustule ? Peut-être n'est-il pas nécessaire

---

* Précisons qu'à l'heure actuelle on recommande de *ne pas* les percer.

de l'enlever ? J'ai bien dû faire assez de dégâts comme ça.

Un tintamarre abominable m'arracha à ma réflexion. L'une des cuillers avait sauté et, après avoir heurté le poêle, elle venait d'atterrir sur le sol dans un pathétique bruit de ferraille – comme si elle tenait à m'avertir qu'elle ne voulait plus jouer aucun rôle dans toute cette boucherie.

Sans doute était-ce une chance que ce pauvre vieux Kirk, la veille, m'eût obligé à regarder en face le cerf qu'il venait de tuer, à le vider, à le dépecer moi-même : j'en avais eu le cœur levé, mais aujourd'hui, au moins, le sang ne me faisait pas détourner la tête. J'étais terrorisé, c'est vrai, mais du moins je pouvais agir.

Agir, oui, mais en quel sens, à présent ? L'idée me vint qu'au moins je n'avais pas, dans la panique, enlevé cet appendice qui m'avait l'air tout à fait honnête. Mais l'essentiel, maintenant, était de décider que faire, et de passer à l'acte, sans tarder. Bien. Ma décision, ce serait de considérer qu'un abcès est une sorte d'ampoule. Et que par conséquent ce qu'il faut faire, ce n'est pas tenter de l'enlever : c'est le crever et le vider.

Empoignant le vieil homme à bras-le-corps, je le retournai lentement sur le côté. L'éclairage n'y gagnait rien, mais je travaillais surtout au toucher, de toute façon. Après avoir remplacé par une cuiller propre la cuiller défaillante, je saisis l'une des pinces à épiler et entrepris de l'approcher de cet abcès.

Le vieil homme poussa un hurlement, et de sa main libre m'envoya un coup de poing. J'étais devenu un tortionnaire.

– Doucement! le tançai-je.

A peine avais-je piqué, des pointes de ma pince, ce que j'espérais bien être l'abcès, que je sentis un torrent chaud déferler en force sur mes doigts. Une odeur effroyable s'éleva aussitôt. Je conservai ma pince en place un moment. Lorsque enfin je retirai la main, je constatai que le tout – main, poignet, pince – était recouvert d'une substance putride, jaunâtre, nauséabonde. Du pus. Des flots et des flots de pus, dont montaient, puissantes et drues, des odeurs pestilentielles.

Je passai délicatement la pointe de l'index par l'orifice minuscule qui s'ouvrait dans le péritoine, cherchant au toucher ce qui restait de l'abcès. Mais je n'en trouvai que l'enveloppe, molle, aplatie, vaincue.

Le vieux Kirk serrait toujours entre les dents sa brindille de pin, marmonnant quelque chose d'inaudible. J'épongeai consciencieusement tout ce qui restait de pus dans la plaie. Par bonheur, le plus gros s'était écoulé au-dehors.

J'envisageai un instant de désinfecter l'incision avec du phénol largement coupé d'eau, puis rejetai cette solution. Je risquais de cautériser les tissus, qui ne pourraient plus cicatriser normalement. Il ne restait donc qu'à tâcher de refermer le tout avec mon aiguille et mon fil – désinfectés une fois de plus, pour plus de sûreté.

Je commençai par rechercher désespérément cette aiguille. Tout alentour semblait gorgé de sang humide, ou poissé de sang déjà sec. Je finis cependant par trouver l'aiguille en question, par réussir à l'enfiler, après quoi, méticuleusement, je retirai les cuillers. Les bords de la plaie se refermèrent. Non sans mal, une éternité durant, je m'efforçai d'aligner des points de suture. Il y en avait de longs, et d'autres plus courts.

« Pas joli-joli, comme travail », me dis-je.

Tout en nouant le dernier point et en coupant le dernier bout de fil, je songeai brusquement que c'était là mon premier travail de couture, le tout premier de ma vie. Bon sang! Si seulement Maman avait pu voir ça! Mais à la réflexion, non, mieux valait qu'elle ne pût le voir. Je n'étais pas certain du tout que cette vision fût soutenable. Surtout pour Maman. Et je l'imaginais mal envisageant l'idée que c'était son fils qui avait fait cela.

Un doute affreux me saisit : M. Kirk respirait-il toujours?

Je collai l'oreille sur sa poitrine nue. Son cœur battait. Il était vivant. Mais il ne bougeait plus du tout. Il avait perdu conscience : la douleur avait eu raison de lui.

Je pressai mes mains sur sa poitrine, comme pour l'aider à respirer. Il était inerte, comme engourdi. Etait-ce d'avoir perdu tant de sang? Etait-ce le résultat de la douleur? Ou les effets de l'alcool de pomme? Oh! pourvu que ce fût surtout pour la dernière raison!

J'effleurai du doigt le visage buriné, et cette barbe de trois jours, hérissée comme du chaume. « Quel drôle de vieil oiseau », me dis-je. On dirait un aigle blessé. C'était une force de la nature, que l'âge et les éléments, sans doute, avaient rendu plus fort encore. Au fond, le rôle le plus facile, c'était encore moi qui l'avais tenu. Je n'avais fait qu'inciser, percer, recoudre. Tandis que lui avait tout subi, tout vécu, les yeux grands ouverts, en serrant les dents, cramponné à sa couche, cramponné à la vie.

C'était peut-être idiot de prononcer ces mots à voix haute, puisqu'il ne m'entendait plus, mais je ne pus me retenir de lui dire :
– C'est fini. Tout va s'arranger, maintenant.

Je lavai avec grand soin le pauvre ventre recousu, l'asséchai en le tamponnant de mon tout dernier chiffon propre, reboutonnai la chemise, et me laissai tomber, mort de fatigue, sur le plancher. Cette surface horizontale et dure me parut meilleure que le plus moelleux des lits.

J'allongeai le bras pour saisir cette main qui

pendait, cherchant son pouls à son poignet. Il battait lentement, faible mais régulier; le cœur accomplissait sa besogne de pompe, têtu, imperturbable. C'était à présent pour moi la seule chose qui comptait au monde.

La chienne alors, en rampant, vint se coucher près de nous.

Chapitre 24

Il faisait noir.
Mes yeux venaient de s'ouvrir, hagards. Je ne savais plus qui j'étais, ni où j'étais, ni pourquoi mon corps semblait ainsi fait de bois. Un chien était là, qui me flairait sans bruit.
– Winnie?
L'haleine forte de la bête venait se mêler à mon souffle, une langue rêche me léchait la joue. Je tressaillis, tentai de remuer. Tout était dur comme du bois – mes membres, mon dos, ma couche même.
– J'ai froid...
Oh! que quelqu'un m'apporte une couverture, par pitié! Et aussi un oreiller, merci. J'ai l'oreille écrasée, la tête me fait mal. Oh, et puis aussi à boire, s'il vous plaît. J'ai la langue collée au palais.

— Maman?

Quelqu'un avait gémi, ou marmotté quelque chose.

Qui est là? Qui est dans ma chambre?

Mais que tout est confus, dans ma tête! Tout tourne, il fait noir. Et que mon lit est dur! On a dû mettre des planches sous mes draps. Et qu'il fait froid! Le radiateur... Qui l'a tripoté?

Encore une espèce de plainte.

— Hé! tentai-je d'articuler, les lèvres raides. Qui est là?

— Hmmm...

Cette voix... Elle semblait venir de tout près... Mais? Je clignai des yeux, tentai de soulever la tête. J'avais la nuque raide. Qu'avait-il pu m'arriver? Il fallait que je sache.

Une couverture. Ou ma veste. Il faut que je me couvre. Je gèle.

Je me retournai, me redressai et, à quatre pattes, passai par-dessus le chien. Ma tête alla heurter quelque chose de dur. Un meuble d'évier? Je m'y cramponnai pour me relever, me retrouvai en face d'une sorte de petite fenêtre. De la neige. Partout, au-dehors, de la neige.

La mémoire me revint d'un coup. Je n'étais pas à la maison! J'étais dans cette cabane, au fond des bois, dans le Vermont, chez ce vieil homme avec qui j'habitais... Ou alors, tout était un rêve.

A tâtons, je sentis un seau, un seau qui contenait de l'eau. Je m'en aspergeai le visage, dans l'espoir de m'éclaircir les idées. Le résultat ne se fit pas attendre. L'eau glacée me fit l'effet d'une gifle, tout comme les souvenirs qui revenaient pêle-mêle, tandis que je buvais à longs traits, à même la louche.

Et le vieil homme ? En clignant des yeux, dans la pénombre, je devinais sa forme sombre, allongée sur le lit. Dormait-il ? Ou bien... ? Je me ruai vers lui, heurtant légèrement Tool au passage – ce dont elle se plaignit par un jappement aigu –, et je manquai de peu m'effondrer sur le pied du lit. Je prêtai l'oreille. Le vieil homme respirait. Un lent sifflement rythmé s'élevait de la forme allongée sur le lit.

– Monsieur Kirk ?
– Col... lin ?

Mon cœur eut un sursaut de joie.

– Monsieur Kirk... ça va mieux ?
– Mon ventre... il me tue.
– Mais c'est fini ; tout va aller beaucoup mieux, très vite.

Tous les événements de la veille, de l'avant-veille et du jour d'avant me revenaient à présent en mémoire, se bousculaient pêle-mêle dans mon esprit. Je revoyais le fusil, les entrailles du cerf, les deux volailles, l'abdomen béant du vieil homme.

– Je vous ai enlevé ce qui vous faisait souffrir, monsieur Kirk, je vous l'assure.

- Nuit... Noir...
- Non, tout va bien, lui dis-je. N'ayez pas peur. C'est fini. Si vous avez mal, encore, c'est à cause de ce que j'ai été obligé de faire.

Je ramenai sa couverture sur lui, et l'enroulai dedans. Ecarquillant les yeux dans la pénombre, je me penchai sur lui pour essayer de distinguer ses traits. Il sentait encore l'alcool, mais l'alcool éventé, mal digéré – un vrai remugle de vinasse. Je posai la main sur son front. Il était chaud, mais incomparablement moins brûlant qu'il ne l'avait été quelques heures plus tôt.
- Ça va, monsieur Kirk? Vous n'avez pas froid, ou besoin de quelque chose, je ne sais pas, moi?
- Ça ira... Je suis... vivant.

Il avait la voix grêle, presque une voix d'enfant. Je lui pris la main, et sentis que ses doigts essayaient de presser les miens. Mais il n'avait pas plus de force qu'un papillon.

J'entendis gémir près de moi.
- Tool?

La chienne s'approcha, chancelante, et se tint debout près du lit, le museau posé sur le rebord du matelas, tout à côté de moi, aussi près de son maître que possible. Sa queue se balançait en cadence, à droite, à gauche, frappant régulièrement le bois du lit comme un tambour.

Si Tool avait le cœur en fête, alors je l'avais aussi.

— Tu vois, ma belle ? Il va bien, ton maître. Il va mieux.

A caresser le haut de sa tête, doux comme du velours, je me sentis soudain plus fort. J'avais soif, j'avais faim, j'avais froid ; la vie était là, impérieuse, exigeante, tissée de besoins, de désirs. La vie : celle de Tool, celle du vieil homme, la mienne.

Mon esprit s'était remis à fonctionner normalement. Il bourdonnait de pensées vives. Plus rien ne m'arrêterait, désormais, me semblait-il. Je me sentais prêt à m'attaquer à n'importe quelle besogne. La plus dure était derrière, et je n'avais pas baissé les bras.

Je m'étais bien douté que plumer et vider dans l'obscurité deux volailles pratiquement gelées ne serait pas une mince affaire ; et la manière dont j'effectuais ce travail ne devait guère obéir aux règles de l'art en la matière. Mais qu'importait ? C'était peut-être du massacre, mais je ne voyais même pas ce que je faisais. Et ce n'était plus de la chirurgie, alors...

J'emplis d'eau la grande marmite, activai le feu et mis l'eau à bouillir. En attendant, j'achevai de découper les volatiles. Puis je plongeai les morceaux, en vrac, dans la marmite, et j'y joignis les trois ou quatre vieilles pommes de terre oubliées que mes recherches de la veille avaient mises au jour. Après quoi, riant sous cape, j'ajoutai encore au mélange quelques poignées de ces haricots accusés du pire, puis mis hors de cause. Ma mixture aurait-elle droit à l'appellation de poule au pot, ou de ragoût de volaille? Je n'en savais rien, et peu importait.

A vrai dire, à cet instant, j'eusse volontiers vendu mon âme contre un seul grand verre de lait froid. Ou une cuillerée de glace au chocolat. Mais il était inutile de rêver.
– J'espère que tu aimes le poulet, ma Tool.

Plus tard – lorsque j'estimai suffisant le degré de cuisson de ma potion magique –, j'eus le plaisir de constater que la chienne ne tordait pas le museau dessus. J'avais écarté l'une des grilles du grand poêle pour bénéficier de la lueur du feu, afin de pouvoir décemment servir la soupe. La première servie fut Tool, après quoi je me mis en devoir de faire absorber au vieil homme, cuillerée par cuillerée, un peu de mon divin bouillon.

Il se laissa faire, docilement. Je ne parvins à lui enfourner dans la bouche que six ou sept cuillerées du chaud liquide, mais du moins les avala-t-il sans histoires.

Puis il leva les yeux vers moi, et prononça un mot, un seul mot :
– Haricots.

Je ne pus me retenir de rire.
– Ouais, je sais, avouai-je. Comme maître queux,

on fait mieux. Comme chirurgien aussi, d'ailleurs.

Il hocha faiblement la tête.
— Non, tu m'as... Tu m'as...
— Eh là, défense de parler! Ce n'est plus vous le grand chef, ici, pour le moment. J'ai pris le relais. Bon, si vous reprenez des forces et que vous m'aidez un peu dans les corvées, je ne dis pas... Peut-être même que je vous paierai. Un dollar par mois.

Lorsqu'à mon tour je me restaurai, me voyant mordre à belles dents dans une cuisse de poulet, le vieil homme, les sourcils levés, désigna du menton mon écuelle:
— De la poule?
— Tout juste. Mais ne parlez pas. De toute façon, c'est une longue histoire, beaucoup trop longue et compliquée pour être racontée aujourd'hui.

Quelque chose me disait que ce n'était pas le moment de l'accabler de soucis rétrospectifs, en lui assenant les détails de mon expédition de la veille.

Je repris ma dégustation. Les pommes de terre étaient introuvables, et leur goût indiscernable — et pourtant ce ragoût, indiscutablement, n'avait aucun reproche à se faire. La viande n'était pas des plus tendres, certes — mais un produit de la maison Broom, honnêtement, pouvait-il avoir quelque chose de tendre? Les montagnes du Vermont n'avaient rien de tendre, non plus.

Je me demandai soudain ce qu'il restait du cerf. Entièrement dévoré déjà, peut-être? C'était sans importance. J'espérais bien, par contre, que le compte était bon, le score égalisé. Match nul et armistice. Tout le monde avait à y gagner. Je n'y tenais plus du tout, à ma vendetta avec les Broom.
– Tool, m'entendis-je annoncer à la chienne, tu ne sais pas? Je suis presque heureux.

Alors, sur ses pattes branlantes, elle se dirigea vers la porte, et tourna vers moi ses yeux de velours marron.
– Ah, tu veux sortir.

Je lui ouvris la porte. Le monde au-dehors était blanc et bleu nuit, silencieux, immobile. Une nuit d'avril dans le Vermont, glaciale et pure. Pour le printemps, ici, il faudrait sans doute attendre juillet.

Depuis combien de temps étais-je dans ces montagnes? Je me fis la réflexion que j'ignorais absolument quel jour on était – ou quelle nuit. Quelle heure pouvait-il être? Je ne le savais pas davantage. Mais cela m'était bien égal. Il y avait des choses qui comptaient, et d'autres qui ne comptaient pas.

Le vieux Sabbat Kirk, par exemple, commençait à compter joliment, pour moi.

Je repris de mon ragoût – de la viande, pas mal d'os, des haricots – et finalement ma fourchette se planta dans la récompense : une pomme de terre, une demi-pomme de terre plutôt, que je dégustai en guise de dessert. Je la mastiquai lentement, pour faire durer le plaisir.

Le vieil homme, sur sa couche, changeait de position en marmottant quelque chose.

J'allai lui palper le ventre, délicatement – sans en obtenir d'ailleurs grand renseignement sur la situation à l'intérieur. Je retournai remplir de neige fraîche le sac en plastique dont je m'étais servi pour l'« opération », et déposai ce paquet glacé, le plus doucement possible, sur son incision. Peut-être le froid aurait-il pour effet de faire retomber la fièvre? Peut-être même, avec un peu de chance, la douleur s'endormirait-elle en partie? Il n'y avait plus une goutte d'alcool dans la cabane. Il ne restait donc que la neige pour tenter d'atténuer la souffrance du vieil homme.

Il ne se plaignait même pas. Et pourtant, je m'en doutais bien, il ne doit pas être facile, quand on vient de se faire ouvrir le ventre, de penser à grand-chose d'autre. En fait, chaque aspiration devait être un déchirement.
– Là, vous allez vous sentir mieux, bientôt, vous verrez...

L'odeur infecte de l'abcès flottait encore autour de lui. Il me faudrait trouver le moyen de le changer de vêtements et de rafraîchir sa literie. Mais ce serait pour plus tard. Il n'était pas question de le déplacer pour le moment, au risque de faire rouvrir sa plaie. Il allait avoir, en tout cas, une hideuse cicatrice. Une fermeture à glissière, énorme et saugrenue.

Après avoir lavé la vaisselle et débarrassé le sol de sa jonchée de plumes de volaille, j'ajoutai de l'eau à ce qu'il restait de ragoût et replaçai la marmite sur le poêle. Ma cuistance pouvait mijoter, elle n'avait rien à y perdre. La viande n'en deviendrait que plus tendre, et cette cuisson prolongée, de plus, empêcherait le bouillon de tourner – puisqu'il n'y avait pas de réfrigérateur.

Un coup d'œil à la petite fenêtre m'arracha un ricanement. Pas de réfrigérateur? Mais nous en habitions un! Tout le Vermont n'était, pour l'heure, qu'un immense réfrigérateur. Les étoiles scintillaient entre les cimes des arbres. L'une d'elles brillait plus que les autres, sur la tenture bleue de la nuit.

– Bonne nuit, dormez bien, soufflai-je à M. Kirk.

Puis je m'étendis sur ma couche et m'endormis aussitôt.

Chapitre 25

Revint le jour, puis une autre nuit.

Pour ce qui était de l'heure, de la date, j'avais définitivement perdu le fil. Inlassablement, j'allais et venais, dehors et dedans, pour regarnir de neige glacée le sac en plastique dont j'anesthésiais le ventre douloureux du vieil homme. Mais la fièvre persistait, plus têtue encore que le vieil homme lui-même.

Sa couche empestait abominablement. Aussi me débrouillai-je pour tout laver progressivement, pièce par pièce. Un oreiller par-ci, un drap par-là, la chemise grise à son tour. Je le tenais au chaud à l'aide de couvertures, de vêtements tirés de mes valises, et je forçais un peu le tirage du poêle, tout en surveillant notre réserve de bois. C'était paradoxal, sans doute, de lui appliquer dans le même temps des pansements de glace, mais je ne voyais vraiment pas que faire d'autre. Par bonheur, nous avions du savon à suffisance ; la neige, le poêle et la bouilloire m'assuraient de l'eau chaude à volonté. Toutes les guenilles que je pus retirer de la circulation, au moins momentanément, passèrent ainsi à la lessive. Je savonnais d'abondance, frottais comme un forcené – en m'aidant de sable au besoin – puis, après avoir bien rincé, j'étendais « mon linge » derrière le grand poêle.

Je m'efforçai aussi de raser le vieil homme tous les jours. Il me semblait qu'il se sentait mieux, tout beau, tout propre, et qu'il guérirait plus vite.

Il avait encore neigé, et nos réserves se résumèrent bientôt à une poignée de cacahuètes et une livre ou deux de haricots. Du ragoût de poule, il ne restait plus rien, la marmite avait été dûment récurée. Tool et moi avions dévoré en sus une vieille conserve de lard gras. J'avais eu un peu de mal à le faire descendre, mais c'était mieux que rien. Je tirai aussi, avec le Purdey, sur quelques écureuils gris. Après le ragoût de poule aux haricots, nos gamelles se garnirent donc, chichement, de ragoût d'écureuil aux haricots.

M. Kirk mangeait très peu. En vérité, même pratiquement rien. Je l'obligeais à boire beaucoup – et redoutais de lui voir mouiller ses draps. Mais cela ne lui arriva jamais. La fièvre se chargeait de transformer en sueur tout ce liquide qu'il absorbait. Il était en permanence recouvert de fines gouttelettes, et j'avais beau le bassiner d'eau fraîche, aussi souvent que possible, rien n'y faisait.

C'était mon tour de me sentir ballonné – mais la cause en était que j'avais le ventre vide. Je me souviens d'avoir contemplé Tool bizarrement, durant un bref instant de folie : étais-je capable de manger du chien ?

Un matin, m'armant de la hache, je la plantai dans le sol gelé et, frappant à coups redoublés, je dénudai quelques racines. Je les arrachai à mains nues, jusqu'à en avoir les doigts en sang. Je les fis bouillir longuement. Elles étaient amères, filandreuses et âcres, j'eus de la peine à les avaler. Tool, plus famélique encore, ne daigna pas y toucher. Elle tremblait de faim, pourtant, et elle était beaucoup trop faible pour aller chasser de son côté.

Il semblait n'y avoir plus aucun gibier alentour. Pas même le moindre rat en vue. Le fusil reposait, inutile, sur les bras de son râtelier. J'avais soin, pourtant, de le garder chargé. Je me sentais prêt à tirer sur n'importe quoi, fût-ce sur un moineau égaré.

Vint une période de dégel. Les stalactites de glace qui pendaient à l'avant-toit en eurent la goutte au nez. Mais la neige, au-dehors, était toujours épaisse, assez pour interdire pratiquement toute sortie. Notre réserve de bois de chauffage s'étant réduite à néant, je me débrouillai pour en débiter d'autre, tant bien que mal. Cette fois, je n'eus pas d'ampoules – à l'exception d'une seule, minuscule, que je traitai par le mépris. Elle se creva d'ailleurs d'elle-même, et je me contentai d'en enlever la peau et de la manger sans y penser.

Les aubes suivaient les crépuscules, la nuit revenait, puis le jour. J'avais perdu le compte des jours. Nous dormions beaucoup, tous les trois. Mon sommeil était fait d'une multitude de petits sommes, qui me ramenaient souvent à la maison. Je revoyais Mme Bunkum s'activer à la cuisine. La nourriture et les repas tenaient une énorme place, dans ces rêves : j'y voyais surgir, comme par enchantement, des rôtis de bœuf ou de dinde, du jambon braisé, des petits pains fumants entrouverts et garnis de beurre fondant, d'innombrables tourtes et gâteaux divers, des puddings à vous plomber l'estomac pour un temps...

Au réveil, pour surmonter mon abattement, je m'efforçais de songer plutôt à la gloire du soleil couchant, du haut de ce rocher d'où l'on apercevait Flèche-en-Flammes.

Vint cette journée terrible, dont je savais depuis longtemps que je ne pourrais l'éviter.

J'avais reconnu ses traces au-dehors, dans la

neige, par-derrière la cabane. Je savais qu'il était venu plusieurs fois, pour voir. Pour voir si nous étions là, ou s'il y avait quelque chose à voler?

C'était toujours la nuit qu'il venait.

Ce soir-là, le fusil chargé, je l'attendis dans l'obscurité. J'étais presque sûr qu'il viendrait.

Et en effet, il vint.

– Bandit? appelai-je doucement.

Le raton laveur s'approcha, les pattes enfoncées dans la neige molle.

– Viens, viens, je te donnerai une cacahuète.

C'était un mensonge, bien sûr. Il ne restait plus rien des cacahuètes du vieil homme – plus rien de comestible, dans cette pauvre cabane. Et je ne pouvais plus avaler une seule racine.

Bandit était à moins d'une centaine de pas, petite boule de fourrure pleine de curiosité. Je me demandai s'il mourait de faim, lui aussi. Sans doute était-ce la disette, chez les animaux comme chez nous. J'élevai lentement le canon du fusil. Ce ne serait pas de faim que mourrait Bandit.

Le fusil pesait lourd comme jamais. Il avait encore pris du poids depuis la dernière fois où j'avais épaulé, pour tirer sur cet écureuil gris. J'avais les bras qui tremblaient. L'animal hésitait. Mais il hésitait toujours à venir, semblait-il.

Je ne crois pas qu'il fut conscient du péril particulier qui le guettait ce soir-là. Je pense que pour lui tout était comme d'habitude : c'était ici l'endroit où un animal plus gros lui lançait une petite chose délicieuse à croquer. Le fusil, il ne le voyait pas. Il était déjà venu là, rien ne s'était passé, rien d'autre que cette friandise que lançait l'autre animal.

– Oui, Bandit. Viens, approche.

Je me jurai que je ne me ferais aucun reproche. J'allais assassiner, c'était vrai, un animal qui me faisait confiance – mais je n'avais pas le choix, pas le choix.

Il fit quelques pas en avant.

– Viens.

Le fusil tremblait dans mes mains. J'appuyai la crosse contre ma joue, regardai une dernière fois Bandit, là-bas, dans le prolongement du canon de l'arme, tirai sur la détente. La détonation me frappa comme une gifle, l'odeur de poudre et le remords me firent tourner la tête.

Bandit n'eut qu'un sursaut dans la neige molle.

Je dépeçai l'animal et le fis bouillir dans l'eau, longuement, attendant de voir la viande se détacher des os.

Cette cuisson prolongée et le puissant fumet de viande qui s'échappait de la marmite avaient rendu la chienne à demi folle. Je m'efforçai de partager la viande en trois parts équitables – celle de Tool, celle du vieil homme et la mienne.

Chacun de nous vint à bout de sa ration, et le

bouillon disparut de la même façon. Tool en eut terminé, de très loin, la première.

– Collin...

M. Kirk essayait de s'asseoir. Ce n'était pas sa première tentative, mais son affaiblissement, la fièvre et la douleur avaient eu raison de sa volonté jusqu'ici. Je passai le bras sous ses aisselles et le soulevai péniblement. Puis je l'aidai à balancer ses jambes maigres hors du lit et à se glisser sur le sol.
– Je voudrais...
– Oui?
– Aller m'asseoir... dans mon fauteuil.
– D'accord. Tenez bon.

Tant bien que mal, je réussis, en le portant à moitié, à lui faire traverser la pièce, traînant les pieds, jusqu'à son fauteuil à bascule. Il avait beau ne pas peser lourd, je ne pouvais guère en faire davantage. A peine était-il installé que mes genoux fléchirent. Je m'effondrai à ses pieds.
– Hé, petit!
– Pas grave. Ce n'est rien.
– Un coup de faiblesse? Tu n'en peux plus...
– Mais si, ça va très bien.
– Tu en as tant fait... mon pauvre gars.

Je restai étendu à même le sol. J'étais trop fatigué pour m'asseoir. Qu'allais-je servir à souper? Mais peut-être l'heure de souper était-elle passée ? Où en étions-nous de cette journée ? Je fermai les yeux. C'était bon.

— Nous sommes en vie, c'est déjà ça, constata résolument le vieil homme.

Tool décida de se joindre à nous, et vint s'étendre contre moi sur le plancher, une patte sur mon bras.

« Eh, Pepper, ce n'est pas le moment d'abandonner ! me raisonnai-je. Tiens, essaye donc de songer à quelque chose de drôle. Tu dois sûrement avoir ça en réserve. Cherche. »

Je rouvris les yeux.

— Tiens, j'ai une bonne nouvelle à vous annoncer, monsieur Kirk.

— Raconte.

Je souris malgré moi.

— Nous n'avons plus un seul haricot.

Le fauteuil à bascule se mit à grincer d'un mouvement rythmique. Le vieil homme riait. Je l'entendis glousser doucement, et je vis sa main s'abattre sur mon genou.

— Pour ça, mon gars, c'est une bonne nouvelle.

— A votre avis : 'croyez qu'on est fichus, ou pas ?

Nouveau gloussement.

— Nous ? Fichus ? Bigre, j'espère que non !

— Pourtant, ça m'en a tout l'air.

— Deux vieux renards comme toi et moi ?... Coriaces comme nous le sommes, en plus ?

— Je ne sais pas.

– Ah, faut que je te dise, Collin... J'ai jamais eu de petit-fils, tu vois... Mais je suis bien content de t'avoir...

Je refermai les yeux, serrai les poings. Le vieux bonhomme. Il était doué pour le bonheur, celui-là. Et c'était vrai qu'à présent, entre lui et moi, c'était à la vie, à la mort – jusqu'au dernier haricot, jusqu'à la dernière racine.

Je luttai de mon mieux contre une terrible envie de dormir. Allais-je enfin trouver la force de me relever, de prendre le fusil et de partir à la chasse? Allons, du nerf! Mais il faisait si froid, dehors! Et ces pans de montagne, déserts...
– Ton grand-père...
– Mon grand-père quoi?
– Celui qui est médecin, à ce que tu dis...
– Il *est* médecin – pas seulement *à ce que je dis*.
– ... Il doit être rudement fier de toi...

Décidément, tout ce qu'il disait m'allait droit à l'estomac.
– ... Ton père aussi, d'ailleurs...
– Moi? Personne n'est fier de moi. Pas dans ma famille, en tout cas. Je suis le canard boiteux, au contraire. C'est bien pour ça que Papa m'a emmené ici. Pour me faire soigner. Par vous.

Il eut un petit rire étouffé.
– Le monde à l'envers! Ils ont regardé par le mauvais bout de la lorgnette. Mais je vais mieux,

mon gars. Je me sens mieux. Je crois que je serais prêt à jouer des tours à ce vieux Loomis.

Ce dont j'avais besoin, c'était d'un petit coup de fouet. Quelque chose de roboratif. Un éclat de rire, ou de colère, une petite scène sortant de l'ordinaire... Le moment était venu de mettre la vérité sur le tapis.

— Vous vous souvenez de ce ragoût de poulet?
— Sûr.
— Le poulet, je l'avais volé.
— Tu quoi?
— On nous avait pris notre cerf.
— 'Bien ce que je pensais : jamais senti son fumet sur le feu.
— Et vous aviez raison. C'était justement ce Broom qui était venu se servir. Il avait traîné la carcasse, par-derrière lui, jusqu'à sa baraque. Alors moi, j'ai chargé le Purdey, et je me suis lancé à ses trousses.
— Non!
— Si. J'ai suivi sa piste, tout du long, jusqu'à la résidence Broom. Et comme je n'ai pas pu cisailler les fils qui retenaient la carcasse (ça faisait un potin d'enfer), je me suis servi dans le poulailler. Deux bestioles. Et comme j'avais laissé la porte ouverte, les autres sont allées faire un tour dans la nature, en pleine nuit.

Je levai les yeux sur le vieux Kirk. Son sourire s'élargissait de seconde en seconde, ses yeux pétillaient. Tout son corps était agité de secous-

ses, il avait l'air près d'éclater. Il frappa de nouveau son genou de la paume de sa main. Puis je vis son sourire se figer, et il se prit le ventre.
– Nom d'un chien, sacré gosse!
  Je m'assis, inquiet.
– Quelque chose ne va pas?
– Tu vas me faire péter mes fils, à me faire rire commè ça.

Chapitre 26

– Collin, mon gars, il y a quelque chose qu'il faut que tu fasses.

Le vieil homme était de retour sur sa couche, il parlait à mi-voix, le visage tourné vers moi, les traits tendus. J'étais occupé à regarnir une fois de plus le poêle vorace.

– C'est quoi?

– Tu mets ta veste, et tu pars dans la direction du nord – vers l'étang.

– Pour quoi faire?

– Ecoute donc jusqu'au bout.

Sa voix redevenait plus ferme, et même légèrement tranchante. Au fond, c'était bon à entendre. Il allait mieux.

– Arrivé à l'étang, tu prends vers l'est, en longeant le ruisseau. Tu suis bien le lit du ruisseau,

hein? Ne t'en écarte pas, ou tu es sûr de te perdre. C'est assez encaissé. M'entends-tu?
– J'entends.
– Tu descends le ruisseau, tout du long, jusqu'à un petit pont – une passerelle. Là, tu quittes le ruisseau et tu files sur le sud. Il y a un sentier, tu le suis, et tu es sûr d'arriver à bon port.
– A quel bon port?
– Tu arrives à un hameau; il y a là cinq ou six bicoques, peut-être sept. Tu repères la plus petite, et tu vas frapper à la porte. Il y a un fer à cheval juste au-dessus.
– Entendu.
– Tu seras chez Mlle Biddy. C'est elle qui viendra t'ouvrir.
– Qui c'est, celle-là?
– Oh, une parente éloignée. Par alliance. Dis-lui qui tu es et ce que tu viens faire là.
– Chercher des victuailles, j'espère bien.
  Il hocha la tête.
– Evidemment. Commence par lui demander comment va son lumbago, et elle te préparera du thé. Si elle te le corse avec une petite goutte de gnôle à vous emporter le gosier, débrouille-toi pour le boire quand même, comme si de rien n'était.
– D'accord.
– Tu verras, elle n'y va pas mollo. Pas de boîtes de conserve, hein, ça coûte trop cher. Dis-lui de

tout mettre sur l'ardoise, on s'arrangera entre nous plus tard.

– Que devrai-je rapporter, au juste?

– Te rapporter toi-même, pour commencer, si tout va bien. A part ça, de la farine, du sucre, du petit salé, du café, du bacon, des pommes de terre – tout ce que je prends d'habitude. Elle est au courant.

– Et des haricots, bien sûr? demandai-je en clignant de l'œil.

– Tiens, pardi, ça va de soi! gloussa-t-il, complice. Bien sûr bien sûr! J'ai été élevé aux haricots, faudra bien que je meure avec, tout pareil!

– C'est tout? m'informai-je.

Il se redressa sur un coude et se gratta, pensif.

– Attends. Du savon. Et un quart de fromage à rats – du *cheddar*, si tu préfères. Bon. Tu te sens capable de trimbaler tout ça à dos d'âne?

– Sûr. Faudra bien.

– Ah, attends, autre chose: Mlle Biddy a une vache; alors, pendant que tu y es, demande-lui donc de te servir du lait – autant que tu pourras t'en mettre derrière la cravate. Toujours à mettre sur l'ardoise.

Je ne pus me retenir de sourire; je me délectais d'avance.

– Et maintenant, ouste, en route! Et ne la laisse pas nous arnaquer, hein? Quand elle fera l'addi-

tion, fais-lui bien voir que tu surveilles son crayon.
– Cette fois, monsieur Kirk, j'espère que c'est tout, comme instructions. Sinon, je sens que je vais avoir des fuites en chemin.

Armé d'un crayon et d'un bout de papier, j'inscrivis la liste de ce que j'étais censé rapporter.
– Une dernière chose, tout de même, mon gars : prends le Purdey.

Je lui obéis sans discuter. Il était inutile de discuter avec lui lorsqu'il s'agissait du fusil. Il ne pouvait pas savoir combien je me sentais faible. J'avais les jambes en coton. Et le Purdey, pour moi, ne serait qu'une charge inutile, particulièrement au retour, quand, chargé comme un bourricot, il me faudrait remonter ici. Le fusil, mais pour quoi faire ?

Je décidai de ruser.

Arrivé à l'étang, ayant trouvé sans peine le ruisseau en question et son lit presque à sec, j'estimai le moment venu de me débarrasser du Purdey. Je le calai à l'enfourchure d'une branche de sapin, et le camouflai sous un rameau cassé.

Longer le ruisseau était un jeu d'enfant. J'arrivai bientôt à la fameuse passerelle, obliquai vers le sud et fus tout étonné de déboucher déjà sur le hameau. La plus petite des cabanes était facile à repérer, et j'allai tout droit y frapper.

La porte s'ouvrit sur une forte femme, en salopette et chemise de laine rouge, une casquette d'employé de chemin de fer sur le crâne. Je lui donnai dans les trente à quarante ans.

Elle m'accueillit d'un froncement de sourcils.
– Ouais?
– Bonjour, je m'appelle Collin Pepper.
– Voilà qui me fait une belle jambe.
– Vous êtes bien Mlle Biddy?
– Bon, je ne suis pas le pape, ni le président des Etats-Unis, que je sache! Mais j'aimerais bien savoir ce que tu veux?
– Euh... Comment va votre lumbago?

Elle se frotta l'arrière d'une hanche généreuse.
– Mon lumbago va bien, c'est moi qui ne vais pas fort. Mais d'abord, est-ce que ça te regarde? Tu n'es pas d'ici, toi, pas d'histoire. Et puis, écoute donc, je ne vais pas laisser ma porte ouverte comme ça pendant trois heures, à réchauffer le dehors! Entre.

J'entrai. La demoiselle, derrière moi, claqua vigoureusement la porte. Je me retrouvai dans une pièce unique, aux quatre murs recouverts d'étagères, toutes garnies de provisions diverses. J'apercevais déjà plusieurs des articles que M. Kirk avait mentionnés dans sa liste. Il n'y avait ni rideaux à la fenêtre, ni tapis au sol, ni la moindre chaise. En dehors des étagères, la pièce ne semblait destinée à contenir que trois choses :

un poêle énorme, un immense lit, et Mlle Biddy elle-même.

– Bon, alors? cingla-t-elle.

Je n'avais pas répondu à sa question que mes narines m'en posaient une autre, impérieuse : qu'est-ce qui cuisait là? Ça sentait bon. Sur le coin du poêle monumental, une marmite était posée, où mijotait quelque chose. La faim se rappelait à moi, si vive, si violente que j'en perdais la parole. Sans même réfléchir, je fis un pas vers le poêle. Une grande main m'agrippa l'épaule et me fit virevolter.

– Dis donc, toi!

– Je m'appelle Collin Pepper...

– Je sais, tu me l'as déjà dit. Qu'est-ce que tu veux?

– C'est M. Kirk qui m'envoie...

Ma tête s'était retournée, involontairement, dans la direction de la marmite. Et de son ragoût. Le fumet qui s'en échappait agissait comme un aimant.

– C'est le vieux Wishbone qui t'envoie ici?

Je fis signe que oui. Il faisait chaud, dans cette cabane, et mes jambes chancelaient. Mais il n'y avait pas de chaise. Je commençais à transpirer sous ma veste.

– Ça ne va pas? Tu es malade?

– Ce n'est pas ça, mais je crois que...

– Fais voir ta langue.

– M. Kirk m'a dit de venir ici et de...

— J'ai dit : fais voir ta langue. Je parle chinois, ou quoi ? Tire ta langue.

Je tirai la langue, docile.

Inclinant la tête pour mieux voir, elle inspecta d'abord ma langue, puis le blanc de chacun de mes yeux, l'un après l'autre. Elle posa sa grande main sur mon front.

— Tu as de la fièvre ?
— Je ne crois pas.
— Tu ne m'as pas l'air bien costaud, pourtant. Au fait, dis-moi : il y a combien de temps que tu as pris un bon vrai repas ?

Je jetai un coup d'œil du côté du poêle.

— Je ne sais pas trop, pour être franc. Parole. Je ne me souviens pas. Mais je ne suis pas venu ici pour...
— Tais-toi donc et assieds-toi.

Je me laissai tomber sur le rebord du grand lit, garni d'un couvre-pieds fané.

En une ou deux enjambées, elle était devant son poêle. Je la vis ouvrir le placard, juste au-dessus, et sortir une large gamelle métallique, qui tinta sur la plaque du poêle. Une louche de bonne taille plongea dans la marmite, et en ressortit généreusement chargée de viande brune, d'oignons, de pommes de terre, de carottes et de sauce.

Mlle Biddy me tendit la gamelle fumante, accompagnée d'une fourchette à laquelle il man-

quait une dent. C'était affreusement chaud, mais je n'en avais cure.
- Mange.
J'eus tôt fait de tout nettoyer.
- Dis donc, il te donne à manger, au moins, quelquefois, l'autre là-haut?

La bouche encore pleine, je m'empressai de répondre :
- Oh, c'est qu'il a été malade. Et c'est moi qui le soigne, en quelque sorte. Il a vraiment été bien, bien malade, et je me suis occupé de lui.
- Vaudrait mieux que quelqu'un s'occupe de toi, à ce que je vois. En veux-tu d'autre?
- Oh oui, merci.

Sa louche repartit à la pêche, et ressortit chargée à ras bord.
- Tu diras au vieux Kirk que je suis navrée pour lui. C'est un excellent voisin. Il ne fourre pas son nez dans les affaires des autres, lui – et je n'en dirais pas autant de tout le monde.

Trop occupé à manger, je ne répondis pas tout de suite. Puis je pris le temps de lui préciser :
- Il m'a dit de vous dire qu'il fallait tout mettre sur l'ardoise. Il vous paiera un peu plus tard.
- Parfait. Il a de la parole, lui, je le sais.
- N'auriez-vous pas une vache, par hasard?
- Ah ah! Combien je parie que tu es prêt à faire descendre tout ce ragoût avec une bonne lampée de lait? C'est ça, n'est-ce pas?
- Oui, s'il vous plaît.

Elle déverrouilla une petite porte, tira dans la cabane une lourde jarre de terre cuite, l'inclina et emplit de lait une grande louche.

L'onctueux liquide était glacé, mais qu'il me parut doux au palais, et qu'il avait donc de saveur! Je bus sans reprendre souffle, jusqu'à devoir renverser la tête en arrière pour récupérer la dernière goutte, les yeux fixés sur le fond de cette louche écaillée.

– Alors, à ton avis, me demanda Mlle Biddy. J'ai une vache ou je n'en ai pas?

– Vous en avez une, et une bonne. Merci.

– C'est la moindre des choses. Elle s'appelle Bouton d'or, ma vache. Je peux te dire qu'on m'offre souvent de me l'acheter. Mais je l'ai élevée, moi, cette bête. Quand je l'ai eue, c'était un petit veau. Autant te dire qu'avant de la vendre, ma Bouton d'or, je vendrais plutôt mon âme au diable.

– Son lait est vraiment délicieux.

– Tu en reprendrais bien, 'pas? Allez...

La louche s'emplit de nouveau, et se vida à peine moins vite. Je souris à la demoiselle.

– Ah, je t'ai dit, c'est la moindre des choses. Ce n'est pas tous les jours qu'une jolie fille a l'occasion d'ouvrir sa porte à un beau garçon comme toi. Quel âge as-tu?

– Quinze ans.

– Eh, c'est bien assez pour pratiquer une chasse qui ne réclame pas de permis.

Elle avait prononcé ces mots de telle façon que nous ne pouvions qu'en rire, elle et moi. Pourtant je n'étais pas certain que ce fût tout à fait une plaisanterie.

D'un geste du menton, elle me désigna le lit.
- Tiens, si tu t'étendais un peu, histoire de te reposer, le temps que je rassemble la marchandise.
- J'ai fait une liste de ce que voudrait M. Kirk. Attendez, je vais vous la donner, elle est dans ma poche.
- Ne te fatigue donc pas. Je vais te remplir un sac de tout ce dont il a besoin. Ne t'inquiète pas, je sais ce qu'il lui faut, à ce vieux renard. Je le sais encore mieux que lui.

Je me laissai aller à la renverse sur cette immense plage qu'était son lit, et je fermai les yeux. Le lait et le ragoût, dans mon estomac, auraient peut-être un peu de mal à passer. J'avais bu et mangé jusqu'à l'hébétude.

Je sentis que Mlle Biddy déboutonnait ma veste, me glissait un oreiller sous la tête, m'enlevait mes croquenots.

Je l'entendis murmurer : « Pauvre petit lapin. »

Et je sombrai dans le sommeil.

Chapitre 27

– Ohé!

Je rouvris les yeux.

– Voilà, j'ai préparé ton sac, me disait Mlle Biddy. Tu ferais bien de te mettre en route, si tu ne veux pas être pris par la nuit.

– Oui.

Je me rassis sur le grand lit.

– Crois-tu que tu auras la force de transporter tout ça là-haut?

– Ouais ouais. Pas de problème.

Je me frottai les yeux, luttant contre une terrible envie de me remettre à l'horizontale. Oh oui, me recoucher, dormir tout mon saoûl, et puis, au réveil, reprendre de ce ragoût, l'arroser du lait de Bouton d'or, bref, passer le restant de mes jours ici, auprès de la grande Mlle Biddy. Tout au moins le temps d'être à sa taille.

– Alors? On se réveille?
– Voilà, ça vient. Et je voudrais vous remercier, vraiment, pour ce repas que vous m'avez servi. Depuis quelque temps – je ne sais plus du tout depuis quand – nous n'avions à peu près plus rien à nous mettre sous la dent, M. Kirk et moi. Ouais, je crois que ça fait une éternité...
– Mais maintenant, tu ferais bien de te sauver tout de suite, sinon la nuit te prendra dans les bois. En tout cas, si tu repasses par là, n'oublie pas d'entrer dire bonjour... Je suis plutôt seule, par les temps qui courent.

J'avalai ma salive. Je me rechaussai en hâte, reboutonnai ma veste, empoignai le sac de vivres et dis gravement au revoir. Mais elle me barrait le passage.
– Dis, je n'ai même pas droit à un baiser?

« Pourquoi pas? » me dis-je, et je l'embrassai sur la joue. Je ne crois pas qu'elle y mit plus de ferveur que moi. Cela me rappelait tout à fait le genre de baisers que j'échangeais, quand j'allais à l'école primaire, avec cette bonne Mme Bunkum.
– Au revoir, répétai-je. Et merci pour tout.
– De rien, de rien. A la prochaine.

Ce n'est qu'en m'engageant sur le sentier qui menait à la passerelle que me revint le sens de la réalité : il me restait à parcourir quelque chose comme sept kilomètres, et dans le sens de la montée. Le sac de toile de jute, bourré de provisions, me sciait déjà l'épaule et me semblait plus lourd de minute en minute. Que j'avais donc bien fait de me délester du Purdey!

En avril, dans le Vermont, les jours se terminent de manière abrupte. Les deux ou trois semaines passées là me l'avaient déjà enseigné. Etait-on encore en avril? J'en étais réduit aux suppositions, et je m'en voulus de n'avoir pas demandé à Mlle Biddy où nous en étions dans le calendrier. Je n'avais même aucune idée de l'heure. Mais il devait se faire tard, déjà. Le blanc de la neige tirait sur le bleu, au lieu de ces paillettes d'or et d'argent dont il étincelait vers le milieu du jour. Les ombres s'allongeaient et se teintaient de gris.

Le soleil n'était plus visible.

– Allons, dis-je à voix haute. Voilà déjà le petit pont.

Un filet d'eau gazouillait tout bas, entre les blocs de glace, au creux du lit du ruisseau. Par endroits, sous les monticules de neige, j'entr'apercevais la masse grise des rochers, à quelques pas les uns des autres, pareils à un troupeau de moutons assoupis.

J'entendis aboyer un chien.

Ce n'était pas Tool. Je connaissais ses aboiements, tout comme je connaissais ceux du vieux Kirk. Ce n'était pas non plus le chien des Broom – j'étais beaucoup trop loin de leurs pénates, de toute façon. Un second aboiement fit écho au premier. J'étais incapable d'en déceler la provenance. Il semblait venir d'assez loin, c'était tout ce que j'en pouvais dire.

Je pressai le pas, puis me mis carrément au petit trot. Au bout d'une centaine de mètres, je m'arrêtai un instant, le temps de changer mon sac d'épaule et de prêter l'oreille. La toile de jute du sac m'avait mis le cou en feu.

Le chien se manifesta de nouveau – c'était plutôt un hurlement qu'un aboiement, cette fois. Et je regrettai de n'avoir pas pris Tool avec moi. Mais non, elle était épuisée... Une troisième fois, le chien donna de la voix. C'était une série de jappements, suivis d'un hurlement plus soutenu. Puis le tout reprenait, en écho, comme dans un chant à la tyrolienne.

Un loup. Des loups?

« Allons, pas de panique, Pepper, me raisonnai-je. Tu sais bien, M. Kirk a dit qu'il n'y avait plus de loups dans le Vermont. Plus un seul. Mais qu'en sait-il? Bien sûr, qu'il le sait. Il sait tout ce qui vaut la peine d'être su dans ces montagnes – et peut-être même ailleurs. »

Je repris mon petit trot.

« Bien, me disais-je. Donc, il n'y a pas de loups. Pas de danger d'en rencontrer... » Il me semblait pourtant que le vieux Kirk, alors, avait parlé d'autre chose. D'animaux plus féroces encore. Mais j'avais trop mangé, trop bu, trop dormi; je n'avais plus toute ma tête. Impossible de me souvenir de ce qu'avait dit le vieux Kirk.

Un nouveau hurlement me parvint. Puis un autre. Nettement plus proches, cette fois.

Les chiens sauvages! Cette fois, je m'en souvenais très bien. Le vieux Kirk avait parlé des chiens sauvages, ces successeurs du loup dans les montagnes du Vermont.

Courir. Cesser de raisonner. Courir à fond de train.

Le sac me battait le dos à chaque foulée, et mes pieds faisaient crisser la croûte de glace et de cailloux du lit du ruisseau. Je jetai un coup d'œil par-dessus mon épaule, au-delà du ravin, mais je ne vis rien d'autre que des troncs noirs qui se dressaient, raides, sur la pente enneigée, des troncs noirs à l'infini.

Mais j'entendis une fois de plus hurler les chiens sauvages. Il y en avait certainement plus d'un, et même plus de deux. Combien pouvaient-ils être? Je n'arrivais toujours pas à déceler d'où venaient leurs cris. Etaient-ils en amont ou en aval? Peut-être étais-je idiot de courir vers le haut de la pente. Ne valait-il pas mieux, pour bien faire, tourner les talons et repartir à toute allure vers le hameau, vers cette petite cabane où certaine demoiselle serait ravie de m'héberger?

Mais quelle distance avais-je déjà parcourue? Mystère. Déjà, sans plus m'attarder sur cette question, je repartais en haletant, toujours vers l'amont du ruisseau. J'avais dû parcourir, déjà, pas loin de deux kilomètres. Voire davantage.

Trois ou quatre, peut-être ? Etais-je si loin de l'endroit où je m'étais débarrassé du Purdey ?

Courir. Allonger la jambe, plus encore, tirer sur les mollets. Il faisait de plus en plus sombre, j'avais l'impression de me ruer dans un piège, et j'entendais encore Mlle Biddy m'avertir : « Ne te laisse pas surprendre par la nuit... »

Je courais. Je ne savais plus tellement pourquoi, ni ce que j'avais à mes trousses. Etait-ce la peur, les chiens sauvages, ou la nuit tombante ?

Surtout, ne pas s'affoler. La panique, c'est bien connu, rend capable de toutes les sottises. Rien ne me prouve encore qu'il s'agisse de chiens sauvages. Et rien non plus qu'ils soient après moi.

Le hurlement suivant me permit enfin de les localiser.

Il n'y avait plus de doute, ils étaient en aval. Juste au-dessous de moi, quelque part dans la pente. Et plus proches que jamais. Je jetai de nouveau un coup d'œil par-dessus mon épaule, ne vis rien et pressai l'allure.

« Le fusil. Si seulement j'arrive à mettre la main sur ce fusil, je pourrai leur donner la frayeur de leur vie. Mais peut-être que ce ne sont pas des chiens sauvages ? Il peut s'agir d'honnêtes chiens de ferme, ou de chiens de chasse, ou de compagnie, d'une bonne et brave meute qu'on nourrit et qu'on caresse et dont les membres répondent aux noms de Rover, Blacky ou

Rusty... Bon sang de bonsoir, il fait presque nuit. »

C'était à peu près comme si l'haleine d'un géant avait brusquement soufflé sa grosse chandelle. Pas de lune. Une neige qui tournait à l'anthracite, par endroits moirée de violet foncé. Des troncs noirs sur un fond presque aussi noir. Et courir. Courir dans ce dédale. Des poumons qui brûlent et des jambes qui font mal. Une bouche sèche.

Le goût du lait et du ragoût me remontèrent soudain dans la bouche. En plus aigre.

Un arbrisseau nu poussait là, contre un rocher plat recouvert d'un glacis de neige, dans un étranglement du ruisseau. Je m'agrippai à une branche morte et, m'y cramponnant, je me penchai, révulsé. Tout le repas absorbé plus tôt fit d'un seul coup marche arrière – tous les délices servis par Mlle Biddy : des carottes au lait, en passant par la viande, les oignons et les pommes de terre. Quel désastre et quel gâchis! Tout repartait, vague après vague, jusqu'à ce que je n'en eusse plus qu'un drôle de goût dans la bouche. Plus rien qu'un relent, en guise de souvenir.

Mais la menace des chiens se faisait plus précise, et je repartis à toutes jambes. Monter, toujours monter, le sac à l'épaule, tenu à deux mains. Derrière moi, les chiens grognaient et reniflaient, intrigués sans doute par ce que j'avais laissé en route. Je courais toujours.

Mais tout de même, je voulais les voir, ces animaux-là. Alors je fis halte une seconde, le temps de regarder derrière moi.

Là-bas, près du buisson où j'avais vomi, trois formes sombres semblaient se battre. Grondant, râlant, écumant, les chiens se disputaient les pauvres restes de mon festin.

Alors, les doigts gourds, je défis le nœud qui fermait le sac de toile. J'y plongeai le bras pour en retirer ce qui, d'après l'odeur, devait être le bacon. Ce n'était pas du bacon emballé sous plastique, comme on en vend dans les supermarchés, en tranches plus minces que du papier à cigarettes. Non, c'était un bon gros bout de bacon bien gras, puissamment parfumé. Je déposai le sac à terre et, de mes ongles et de mes dents, je débitai en hâte le bloc de bacon en tout petits morceaux, que j'envoyai voltiger un peu partout dans la neige.

J'avais encore les poumons en feu.

Après cette opération, le sac, en toute logique, aurait dû peser moins lourd. Or il était plus lourd que jamais. Pourtant, je le repris à l'épaule, et je repartis en petites foulées.

« Au secours ! » avais-je envie de crier.

Mais nul n'était là pour m'entendre.

Bientôt je reconnus, derrière moi, les grognements d'une nouvelle bataille ; les chiens sauvages se disputaient à présent le bacon. Il n'y avait, hélas, pas de quoi rassasier trois estomacs de chiens affamés. Ils étaient gros, par-dessus le marché! J'avais parfaitement eu le temps de le voir. Or, plus haut, sur la pente, ils le savaient à présent, il y avait encore à manger. Suivez le guide, messieurs! D'abord du ragoût un peu aigre, ensuite du bacon, et plus loin du...

« Seigneur, mais où est donc ce Purdey? »

Un coup d'œil en arrière. Deux chiens étaient encore là-bas, à la recherche de ce qu'il restait de bacon. Mais le troisième, déjà, trottait derrière moi, plein d'espoir. Je distinguais sa forme noire, et ses yeux jaunes qui luisaient sous certains angles. Il devinait la nourriture toute proche, et moi je devinais sa voracité. Et je l'entendais haleter.

Avec l'énergie du désespoir, je repris ma course poussive.

« Mon vieux Pepper, me dis-je, c'est peut-être la fin – mais tâche de te défendre un peu, avant! Ne te laisse pas croquer comme un bête sucre d'orge. »

Je comprenais, maintenant, pourquoi le vieux Kirk insistait tant pour me voir emporter le Purdey. Et moi, comme un imbécile, je l'avais déposé à la consigne. Mais où? Il devait être quelque part, là-bas, plus haut – mais à quelle distance d'ici?

Et quelle distance étais-je encore capable de parcourir? Sans m'écrouler sur mes jambes. Le souffle me manquait. Mes poumons allaient éclater. Courir. Courir. Laisser tomber ce sac trop lourd et courir.

Je desserrai mes doigts gourds. Le sac glissa de mon épaule, alla s'affaler sur la croûte de neige avec un petit bruit mat – un bruit de défaite. Un gros morceau de fromage, mollement, en sortit, prenant tout son temps, et s'en alla rouler dans l'eau du ruisseau. Perdu à jamais.

Cette odieuse vision me mit la rage au cœur. Tout à coup, je vis rouge.

Je me laissai tomber sur les genoux, au bord du ruisseau, et plongeai les mains dans l'eau glacée. Je ne sentais même plus le froid. Fiévreusement, j'arrachai au lit du cours d'eau deux de ses galets, des gros. J'en lançai un, à toute volée, en direction des deux chiens les plus proches. Je manquai mon coup. La pierre alla se fondre dans l'obscurité, sans bruit, comme si je n'avais lancé qu'une muette injure.

Mon second tir fut plus heureux. Cette fois, j'avais touché l'un des chiens, le plus proche. Il poussa un jappement de douleur. Les hurlements sinistres de ses deux compagnons, un peu plus loin dans l'ombre, lui firent immédiatement écho. Je ne distinguais du trio que de vagues formes sombres, et les lueurs fugitives de ces paires d'yeux dardées sur moi.

Des yeux. Je ne voyais plus que ces yeux.

J'arrachai au cours d'eau un dernier galet que je gardai en réserve, de l'autre main j'empoignai le sac, et je repris ma course folle. Quelque chose d'autre était tombé, mais je n'en avais cure.

Là, le sapin et sa branche basse! L'enfourchure où j'avais calé le fusil! Cette vision me fit tourner la tête. Je laissai glisser le sac, empoignai l'arme, le souffle court, et me retournai vers les chiens.

Qu'ils viennent, à présent, qu'ils approchent!

Oh, ils venaient! Ils approchaient.

Trotte, trotte, trotte. Ils arrivaient sans hâte, sûrs d'eux, sûrs de leur force et de leurs crocs, sûrs de pouvoir sauter à la gorge de tout ce qui vit et respire.

Du pouce, je fis sauter le cran de sûreté, et j'attendis l'ennemi.

Le trio fut bientôt là, et je ne vis plus rien, rien d'autre que le canon de mon arme et, dans son prolongement, une paire d'yeux – la plus proche. A trente pas. Vingt-cinq. Vingt.

Du calme. Garder la tête froide. Ne pas trembler. Tu n'as qu'une seule cartouche, vieux, ne l'oublie pas. Parce que, comme un imbécile, tu n'as pas cru bon d'en emporter d'autres. Alors, tâche de viser juste. Une seule cartouche, et trois chiens furieux.

Je m'adossai légèrement au tronc du sapin. Mes mains sentaient le bacon cru. Le vieil homme avait bien insisté : presser sur la détente doucement, doucement, le plus doucement possible.

Je pressai. Doucement. Doucement.
Wham!

Les oreilles qui tintent, la puanteur de la poudre, un filet de fumée qui s'élève du canon de l'arme – et deux chiens. Deux chiens qui tournent l'arrière-train et s'enfuient en hurlant à la mort.

Le troisième chien gît dans la neige, inerte.

Une fraction de seconde, je suivis des yeux les deux autres bêtes qui fuyaient dans la nuit. L'une devait être légèrement blessée, l'autre affolée seulement. Je repris le sac sur l'épaule et, le fusil sous le bras, je repartis au petit trot en direction de la cabane.

Le vieux Kirk ne dormait pas.

A la fenêtre, au-dessus de l'évier, veillait la petite flamme d'une lampe à huile. Il avait dû se débattre, tout seul, pour sortir de son lit et aller l'allumer. L'allumer pour moi. Pour me guider dans mon retour. Je m'effondrai dans le fauteuil à bascule, les jambes coupées.

– Tu as réussi, à ce que je vois.
– Oui oui, pas de problème.
– Comment va Mlle Biddy?
– Très bien. Elle m'a servi un de ces gueuletons! Et elle a bien toujours sa vache – je me suis gavé de lait.

Le vieil homme défit le sac. Au fur et à mesure qu'il sortait la marchandise, il l'inspectait sur toutes les coutures. Le choix d'articles dont la

demoiselle avait garni le sac semblait lui convenir parfaitement. Je le vis humer avec délices le gros savon tout neuf. Puis ses sourcils se froncèrent, il leva les yeux vers moi et laissa tomber, l'air sévère :
– Tu as oublié le bacon.

Chapitre 28

Et ce fut le festin. Le festin à toute heure, si bien qu'en deux jours, à nous trois – Tool n'était pas en reste, et M. Kirk avait repris de l'appétit –, nous étions venus à bout des provisions si chèrement acquises. Restaient seulement les haricots, plus un petit paquet de sucre, un autre de sel et un dernier, à peine plus gros, de farine de blé. La tranche de jambon avait été engloutie, les pommes dûment croquées, pépins y compris, et le petit salé n'avait pas fait de vieux os.

Du bacon et du fromage portés manquants, il ne fut plus question – passé l'instant difficile où fut constatée leur absence. Je ne me sentais pas prêt à expliquer au vieil homme pourquoi et comment l'un et l'autre n'avaient pu faire la route jusqu'au bout. Je m'étais mis dans mon tort, en me délestant du Purdey envers et contre son avis formel. Et si les chiens m'avaient attrapé? Le vieil homme n'avait plus de fusil. Coup double. Non, il n'y avait pas de quoi pavoiser – aussi préférai-je me taire.

Je somnolais dans mon sac de couchage, ce matin-là, lorsque j'entendis tousser le vieil homme. Il était réveillé.
– Monsieur Kirk?
– Suis là.
Il était en train de s'extraire de son lit. Je me levai pour l'aider à enfiler ses vêtements. De nouveau, je n'avais plus rien à préparer pour le petit déjeuner, hormis des haricots et du café. Et pour Tool, je n'avais plus rien. Cette idée me donnait envie de pleurer, mais je n'allais sûrement pas m'y laisser aller, enfin quoi!

Le vieil homme m'informa de son désir d'aller s'asseoir dans son fauteuil, et je l'y conduisis à petits pas. Il reprenait des forces, progressivement. Ses yeux étincelaient de nouveau, et ce constat me redonna quelque peu courage.

Nous avions dormi tard, pour une fois. Je fis cuire des haricots, dont il ne mangea presque rien. Mais je n'allais pas le forcer. Moi-même ne réussis à en avaler qu'une ou deux cuillerées. Le menu n'avait rien d'enthousiasmant.

Chaque fois que je levais les yeux vers le vieil homme et sa chienne, une question s'imposait à moi : que faire pour le prochain repas?

Une nouvelle descente chez Mlle Biddy? Non, mes jambes ne le pourraient pas. Pas encore. Descendre, bien sûr, j'y arriverais. Mais revenir ici, chargé comme une mule? Il n'en était pas question.

Je m'assis sur le rebord du lit, caressant la chienne, me forçant à sourire. Du cran, que diable!

Soudain, Tool gronda à voix basse, puis laissa échapper un jappement. Elle se leva, les oreilles dressées, l'échine hérissée comme une épinoche, et se dirigea en grognant vers la porte de la cabane.

– Du calme, la belle, lui dit le vieil homme. (Il se tourna vers moi.) Il y a quelqu'un dehors. Va voir.

Etait-ce Loomis Broom?

Je me remis debout et, les jambes flageolantes, me dirigeai vers le Purdey. Si les Broom et leur chien noir venaient ici faire du grabuge, ils allaient trouver à qui parler.

Mais je n'eus pas le temps de sortir le fusil de son râtelier. De l'extérieur me parvenaient des voix. Tool les avait entendues, elle aussi, et grognait pour de bon, les babines retroussées. Elle avait collé son museau contre la fente de la porte. Je plaignais d'avance l'intrus – homme ou chien – qui se risquerait à s'introduire de force dans notre cabane.

Mais l'intrus choisit de frapper à la porte.
- Ohé, il y a du monde?

La voix m'était familière, ô combien! Le Purdey resta au râtelier. J'empoignai Tool par le cou et l'écartai amicalement de la porte.
- Couchée. Sage, lui dis-je fermement, avec une tape amicale.

Elle s'assit sur son derrière, mais tout son être était en alerte.
- Qui est-ce? voulut savoir M. Kirk.

J'ouvris la porte. Tool gronda et se remit debout, mais je lui barrai le passage. Les deux personnes qui attendaient là, debout dans la neige à demi fondue, me regardèrent un instant sans rien dire, et je les contemplai aussi, muet, de la tête aux pieds. La seconde d'après, nous nous étreignions, et je me sentis gagné par leur propre ivresse de bonheur.
- Maman! Papa!

Tool grondait toujours, et j'entendais la voix du vieil homme qui l'enjoignait de se calmer. Pourvu qu'elle comprît que nous n'étions pas en danger, son maître et moi!
- Collin, oh! Collin...

La douceur de la voix de ma mère et son parfum familier me submergèrent comme une vague de froid. L'embrassade avait quelque chose d'insolite, et je me sentais hirsute – mais Dieu que c'était bon, tout de même!

Papa se contentait de sourire. Il avait le visage

ouvert, chaleureux, et j'en vins à me demander, à le trouver aussi sympathique, derrière l'épaule de Maman, comment j'avais pu lui en vouloir tant, le jour de mon arrivée ici.

– Alors? demanda-t-il, sur un ton faussement indigné. On ne nous invite même pas à entrer?
– Comment vas-tu, mon grand? Bien? s'inquiéta Maman.

Ils entrèrent. Un flot de salutations s'ensuivit, mon père présenta ma mère au vieux Kirk, qui tint à s'extirper de son fauteuil. Tool, dans sa sagesse, avait compris que j'appartenais aux nouveaux arrivants autant qu'à elle-même, et que son maître n'était pas menacé. Assise sur son derrière, attentive, elle contemplait la scène.

Mes parents, munis chacun de l'un de ces grands sacs en plastique que l'on vous donne dans les magasins, ne savaient plus trop que faire et regardaient tout autour d'eux, l'air vaguement déconcertés.

– Euh..., dis-je d'une voix qui tremblait à peu près autant que le restant de ma personne. Asseyez-vous, je vous en prie.

Ils prirent place sur le rebord du lit, dont les ressorts grincèrent, et Tool alla se poster près de son maître, ses grands yeux bruns toujours en alarme. Son museau frémissait aussi, à la recherche de la moindre information olfactive.

– Voilà plus de trois semaines que tu es ici, commença mon père.

– Ah bon?
– Et je t'avoue que nous nous demandions, ta mère et moi, ce que... si vous faisiez bon ménage ensemble, tous les deux... (un coup d'œil sur Tool)... ou plus exactement tous les trois.

Sabbat Kirk hocha la tête.
– Aucun problème.

Mais que ma mère avait donc l'air insolite, dans cette cabane! Elle était si bien habillée, si bien coiffée, tout droit sortie des beaux quartiers de Greenwich, que le contraste avec notre bataclan rustique et fruste en était franchement comique. Je la vis parcourir des yeux notre désordre, se lever pour aller ramasser quelque chose. C'était bien d'elle, ce geste machinal! Toujours prête à mettre de l'ordre.

Elle venait de récolter une petite cuiller, au manche légèrement faussé.

Mon regard malgré moi se posa un instant sur le ventre du vieil homme, avant de revenir sur ma mère. Cette petite cuiller qu'elle tenait me rappelait quelque chose – quelque chose de difficilement soutenable. « Maman, me dis-je, si je t'expliquais le rôle qu'a joué cette petite cuiller, je crois que tu t'évanouirais... Et moi aussi, peut-être, si je devais te raconter la chose en détail. »
– Alors? dit mon père, les mains sur les genoux. Racontez-nous un peu, vous deux!

Je sentis venir sur mes lèvres un sourire embarrassé. Je ne voyais vraiment pas par quel bout prendre le résumé des événements passés. D'ailleurs, si je leur en faisais l'exposé détaillé, je risquais fort de m'attirer des sourires incrédules.

Debout près du poêle, je les observais tous les deux, mon père et ma mère, assis sur le rebord de la couche du vieil homme. Ils me faisaient songer à deux roses de fleuriste qui se retrouveraient par erreur dans un vase ébréché, au beau milieu d'une décharge municipale. Ils avaient revêtu des tenues dites « de sport » – tweed, flanelle et pure laine. De ce style de vêtements – bon chic, bon genre – qu'ils portaient pour se rendre à des événements en plein air, du genre « partie de campagne » ou finale du tournoi de football de Yale.

Je mourais d'envie, pourtant, de leur parler de tout : de Sabbat Kirk et de Tool, du lapin que j'avais tué, de Loomis Broom, du cerf que j'avais dépecé, de sa disparition suspecte, de mon expédition chez Broom, des deux poulets subtilisés en échange, du ragoût que j'en avais fait... et de l'opération du vieux Kirk... Mais je ne voyais pas par quoi commencer. Et il était exclu de mentionner les chiens sauvages. Plus j'y songeais, et moins j'y tenais, au fond, à ce grand déballage. Je risquais trop d'avoir l'air de me mettre en vedette. Voire de me mettre en vedette pour de bon.

Le vieil homme me jeta un coup d'œil, puis se tourna vers mes parents.

– Colley est déjà un vrai montagnard – pas vrai, Colley ?

Colley ? C'était bien la première fois qu'il m'appelait comme ça. Mais je ne détestais pas. C'est gentil, un colley. Papa eut un sourire.

– Ma foi, c'est bien bon à entendre, monsieur Kirk.

Le vieil homme se balança un coup dans son fauteuil à bascule.

– Je ne le cajole pas, pourtant, ça, je peux vous le dire – mais Tool s'est bien faite à lui.

Il m'adressa un clin d'œil furtif.

Mes parents échangèrent un regard, puis se tournèrent de nouveau vers moi, vers la chienne, vers le vieil homme dans son fauteuil. J'éprouvai un instant le désir de refaire les présentations. En mieux. C'était un peu comme une partie de je ne sais quoi : nous formions tous trois l'équipe invitante, mes parents l'équipe invitée – les étrangers.

– Allons, tenta Papa une dernière fois. Racontez-nous un peu ce que vous avez fait de beau, messieurs. Collin ?

– Tu n'as pas engraissé, intervint Maman.

Je priai le ciel de retenir ce fou rire que je sentais monter. Pas engraissé. Je me voyais très bien expliquer à Maman : « Pourtant, j'ai mangé de ces ragoûts ! D'écureuil, de poulet... Oh, à propos de poulets, j'aimerais te présenter la famille Broom. De charmants voisins... » Je par-

vins à me maîtriser, à l'exception de ma bouche que je sentais se fendre jusqu'aux oreilles. Maman me répondit d'un sourire maternel, quoiqu'un peu hésitant. Son fils n'avait pas engraissé, mais il avait l'air heureux, au moins.
– Et toi, comment vont les affaires, Papa? Pas de poussée de fièvre, à Wall Street?
– Ma foi non, tout va bien.
– Mon Dieu, fit observer Maman, et dire que vous êtes encore sous la neige, ici! A la maison, les narcisses sont sortis, et les prunus commencent à fleurir. Au club de jardinage, avant-hier, Wilma Henderson affirmait que ce serait une année splendide pour les *Cornus florida*!
– Super, commentai-je.
Tous deux me surprirent en train de zyeuter les sacs qu'ils avaient apportés. L'un d'eux arborait les armes de la maison Saks, Cinquième Avenue, l'autre indiquait fièrement Lord & Taylor.
– A propos, dit ma mère, j'espère que vous ne nous en voudrez pas trop, monsieur Kirk, mais nous avons demandé à Mme Bunkum de préparer un petit assortiment de provisions – oh, rien, juste quelques petits en-cas. Nous nous sommes dit que peut-être Collin serait heureux de retrouver un peu ses petites douceurs favorites.
Toute honte bue, je me ruai vers les deux sacs pour m'y plonger sans retenue.

– Toujours le même! feignit de s'indigner mon père. Toujours un boyau de vide.
– Toujours, m'empressai-je de reconnaître, déballant fiévreusement ce qui se révéla être l'une des spécialités de Luroleen Bunkum, le cake aux fruits – un magnifique spécimen, de dimensions gargantuesques.

Empoignant une pile d'assiettes, je me mis en devoir de débiter le trésor en tranches, à l'aide du couteau de chasse. Tool goba sa part en une seule et unique bouchée.

Le vieux Kirk mangea la sienne sans se faire prier. J'en fis autant de mon côté, heureux de le voir dévorer de si bon cœur, et de l'entendre dire à Maman que ce gâteau était un régal. Ni mon père ni ma mère ne touchèrent à leur portion. Ils se contentèrent, la mine vaguement inquiète, de nous regarder tous trois dévorer.

– Vous n'avez pas faim? leur demandai-je.
– Pas tellement, dit Maman. Ton père et moi avons déjeuné à Middlebury, en passant. Et fort honorablement, je dois dire. Cette auberge de Middlebury est une adresse à retenir. Tenez, vous devriez y descendre un jour, M. Kirk et toi...

Elle se tut soudain, manifestement mal à l'aise.

J'en éprouvai le désir de l'étreindre et de la rassurer. Pauvre Maman. Comment aurait-elle pu savoir? Pourtant, manifestement, elle se doutait

de quelque chose. Quelque chose dont elle devinait que mieux valait pour elle ne pas chercher à en savoir plus long. Elle se rendait bien compte qu'elle était ici dans un autre monde que son univers familier.
— Allons, nous ne viendrons plus vous déranger comme ça, sans prévenir, c'est promis. Nous vous faisons perdre votre temps, je m'en doute.
— C'est moi qui l'ai supplié de venir, sourit Maman comme pour s'excuser. Il fallait que je voie ce que devenait Collin.

De nouveau, machinalement, elle se penchait pour ramasser quelque chose. Une plume de poule.
— Eh bien, tu as vu, dit mon père. Je te le disais, qu'il se portait sûrement comme un charme. Tous les garçons devraient avoir, une fois dans leur vie, la chance qu'il a. Le grand air, la forêt, un peu d'exercice physique... Que demander de plus ?
— M. Kirk et moi nous en tirons très bien, tous les deux, affirmai-je. Ne vous tourmentez pas pour nous. Et nous avons Tool, pour nous tenir compagnie.
— C'est ce que je vois, dit Maman en se levant et en se dirigeant vers la chienne. Brave petite bête.

Ma mère avait allongé la main comme pour caresser la chienne, mais l'autre lui fit savoir, les babines retroussées, qu'elle n'y tenait pas spécia-

lement, ou gare! Maman fit retraite et regarda sa main.
- Au fait, avant que j'oublie! m'écriai-je pour faire diversion. N'oubliez pas de caresser Winnie de ma part. Et de remercier Mme Bunkum pour cette corne d'abondance. J'en suis vraiment très touché.
- Tu veilles à bien te nourrir, au moins?
- Evidemment. Je vous dis : pas de problème.
- Oh, tes cheveux! reprit ma mère. Je vais te dire : on jurerait qu'ils n'ont pas vu un peigne depuis que tu as quitté la maison.
- Il se pourrait bien que ce soit le cas, avançai-je.
- Allons, ce n'est pas plus mal, commenta mon père.

Chapitre 29

Je raccompagnai mes parents à la voiture.
– Bon, dit Maman en me serrant contre elle. Tu es sûr, sûr et certain, que tout va bien pour toi, ici? Que tout ira bien, sans problèmes?
– Mais bien sûr, en voilà une question! bougonna mon père. Il n'est pas tout seul, dis-toi bien. Il a M. Kirk pour le border et pour lui dire de moucher son nez.
– N'oublie pas, me rappela ma mère, toutes ces provisions que nous avons apportées. Surtout, ne les laisse pas perdre. Pas au prix où sont les choses, aujourd'hui. Tu trouveras deux bouteilles de lait de poule – à consommer vite, ça se garde mal; du jambon braisé, plusieurs gros paquets de fromage, et quelques crackers. Ah oui, une demi-douzaine de poires, aussi.

— Pas d'amuse-gueule pour l'apéritif? plaisantai-je.
— Turlututu! coupa mon père. Tu n'es pas ici pour faire de la gastronomie.

Je lui souris, goguenard.
— Pour ça, ne t'inquiète pas. Il n'y a pas grand risque.
— Pour être franc, mon garçon, quand je t'ai déposé ici, moi aussi je m'inquiétais de savoir comment tu t'en tirerais.
— Je m'en tire très bien, comme tu peux le voir.
— Et je t'avouerai même que je m'attendais plutôt à te voir, sitôt notre arrivée, te suspendre à nos basques et pleurnicher que tu voulais rentrer à la maison.
— Tu t'étais trompé. Pour le moment, je reste.
— Parfait. (Il me pressa la main.) Je suis content de toi. Il me semble que tu as changé, Collin. (Sa voix s'était radoucie.) Il me semble que tu n'es plus tout à fait le garçon que j'ai laissé ici, l'autre semaine. Je pense que c'est parce que tu ne t'ennuies pas, ici.

Je haussai les épaules.
— Ça doit être ça.

Ma mère m'étreignit encore une fois.
— Collin, il faut que tu me promettes une chose. Une seule chose.
— Dis toujours.
— Quoi qu'il arrive, je t'en supplie, ne t'approche pas de ce terrible chien.

— Ne t'inquiète pas, Maman. Et si jamais je m'approche d'elle, promis-juré, je ne lui ferai pas de mal.

Elle poussa un soupir tout en prenant place dans la voiture.

— Décidément, tu ne changeras jamais. Tu es incapable de prendre au sérieux quoi que ce soit.

— Hé non, lui accordai-je. Rien de rien. Bon. N'oublie pas de donner le bonjour de ma part à Mme Bunkum, et dis-lui bien de ne pas mettre le bazar dans ma chambre, parce qu'il se pourrait tout de même que l'envie me prenne d'y remettre les pieds, un jour. Et embrasse bien Grand-Père. Dis-lui qu'il me manque.

Mon père faisait démarrer le moteur.

— Allez, au revoir, mon garçon. Et tiens bon.

— D'accord. Je reviendrai à la maison quand je m'y sentirai prêt. A la prochaine! Et merci d'être venus!

— A bientôt, mon chéri! lança Maman en agitant la main.

Je suivis des yeux la Lincoln qui descendait le chemin creux. Le ronronnement du moteur faiblit peu à peu, là-bas, derrière les arbres, et je n'entendis bientôt plus que le pépiement des mésanges.

De retour à la cabane, je trouvai M. Kirk debout. Il avait quitté son fauteuil pour invento-

rier le contenu du sac de chez Lord & Taylor.
- Ils sont vraiment bien, tes parents, mon gars.
- Je sais.
- Et ils tiennent joliment à toi, tu sais. Tous les deux.
- J'en suis bien content, dis-je, tout en déchirant l'emballage d'un fromage de *cheddar* orange. Parce que moi aussi, je tiens à eux. C'est même la première fois que je me rends compte à quel point je tiens à eux.
- Tu ne leur as pas dit un mot de ce que tu avais fait.
- Non.
- Pourquoi donc?

J'avais déjà la bouche pleine de fromage.
- Oh, comme ça. Parce que je n'en éprouvais pas le besoin. Le faire, c'était bien suffisant. Pas besoin d'en parler, en plus.

Il me donna un coup de poing amical.
- Ça, c'est mon Colley.

Je le regardai en riant.
- Vous savez, monsieur Kirk, c'est bien la première fois qu'on me donne un surnom. J'ai eu des tas de copains qui avaient des surnoms – Jimbo, Corky, J.P... Mais moi, non. Jamais personne n'a paru se soucier de me donner un surnom.
- J'en ai eu un, dans le temps, de colley. Une chienne. C'était il y a longtemps, au temps où je tenais une ferme. Je ne lui avais jamais donné de

nom, comme je l'ai fait pour Tool. Je l'appelais simplement Colley.
— Et c'était un bon chien?
— Oh, oui — la bonne bête! Bon sang, le jour où je l'ai enterrée, j'en ai eu le cœur crevé. Elle était belle, la sacrée chienne. Et avec ça, vive et futée! Tiens, bien comme toi, ma foi, mon gars.
— Voulez-vous vous taire et manger votre fromage!

Il riait de toutes ses dents jaunes. Il avait du jaune d'œuf sur la moustache. Nous n'eûmes aucune difficulté, à nous deux, à terminer l'une des bouteilles de lait de poule et à faire disparaître l'un des fromages. Les deux portions de cake aux fruits laissées intactes par mes parents nous tinrent lieu de dessert.

— Presque un mois, déjà, d'après ce qu'ils ont dit! pensai-je tout à coup à voix haute. Un sacré mois, si vous voulez mon avis.
— Ça, il s'en est passé, des choses! convint M. Kirk.

Il se dirigea vers l'évier, clopin-clopant, et se mit à farfouiller dans l'une de ses innombrables boîtes à café. Puis il revint vers moi, brandissant quelque chose dans son poing fermé.
— Tiens, voilà, c'est pour toi.
— Qu'est-ce que c'est?
— Tu vas voir.

Il me fourra quelque chose dans la main, quelque chose de froissé. Je n'eus pas besoin de le défroisser complètement pour voir ce que c'était. Un billet d'un dollar. J'avais complètement oublié le contrat, et j'en restai bouche bée.

– Pour toi, mon gars. Mets-le vite de côté. Tu l'as joliment bien gagné, et plutôt deux fois qu'une.

Je regardai le billet, ne sachant trop qu'en faire.

– J'ai une idée, dis-je. Je le garderai en souvenir. C'est le premier dollar que j'aie jamais vraiment gagné.

Je l'invitai fermement à faire une petite sieste sur son lit, pendant que je rangerais méthodiquement notre trésor périssable. J'enfonçai dans la neige le deuxième flacon de lait de poule. Le dégel était commencé. Avril enfin s'adoucissait, promettant mai.

Je ne pus résister aux poires. La première passa comme un rêve, si bien que je ne pus me retenir d'en entamer une autre. Cette pulpe de poire, juteuse et sucrée, avait une irrésistible façon de vous fondre sous la dent.

Je me fis la promesse solennelle que dès le lendemain j'emmènerais Tool à la chasse. Peut-être le vieil homme insisterait-il pour venir aussi, mais je le lui interdirais formellement; c'était encore prématuré. Tool et moi, d'ailleurs, pouvions fort bien nous débrouiller seuls. Et ce gibier que je ne manquerais pas de prendre, l'idée de le dépouiller, de le vider et de le faire cuire ne me faisait plus peur du tout – tiens, j'étais prêt à faire rôtir un Broom, s'il le fallait.

Au réveil du vieil homme, nos ripailles reprirent de plus belle, et Tool fit bombance tout comme nous. Après quoi, elle demanda à sortir et se mit à gambader en cercles, toute joyeuse. C'était un plaisir que de la voir trotter enfin. Je m'emparai d'un seau vide et elle me suivit jusqu'au « sourceau », où l'eau fraîche cascadait en chantant, entre les rocs et les fougères. Je me penchai pour boire à longs traits de cette eau claire comme du cristal, et la chienne en fit autant, beaucoup plus longuement encore.

Après quoi, elle se remit à explorer les lieux. Elle avait l'allure dansante d'un chiot, et sa queue disait toute son allégresse.

Je regardai l'eau de la source redevenir calme et lisse, et j'y aperçus mon reflet. Mais était-ce bien tout à fait moi ? L'ancien Collin Pepper, celui de Greenwich et de Kent, me paraissait déjà si loin...

Il faudrait bientôt, quelque jour, que je trouve le moyen d'avoir une vraie bonne conversation avec Grand-Père ; peut-être même lui parlerais-je de mon désir de devenir médecin. Mais ce serait pour plus tard. Pour le moment, il n'était pas question de quitter M. Kirk et Tool. J'attendrais de les voir tous les deux absolument bien rétablis.

Voilà que des projets, de vrais projets – avec

calendrier – commençaient à germer dans ma tête. C'était bien la première fois.

Je resterais là jusqu'en août. Jusqu'à ce que le couchant, de nouveau, revienne faire flamber Flèche-en-Flammes. D'ici là, Kirk et Tool n'auraient plus besoin de moi. Je rentrerais à la maison, et je retournerais au collège. Oui, j'aurais passé cinq mois ici, et empoché cinq dollars. Cinq dollars bien gagnés. Et pas mal de souvenirs.

Je charroyai en sifflotant mon seau plein d'eau jusqu'à la cabane. Je le déposai dans l'évier. Et je vérifiai que la bouilloire était pleine, sur le coin du grand poêle.

Le vieil homme était de nouveau sur ses pieds, et je ne trouvai pas de raison valable pour l'obliger à se recoucher ou tout au moins à s'asseoir.
– Viens donc, Colley, me dit-il.
– Où ça?
– Dehors. Il faut que je fasse un peu marcher mes guiboles, sinon elles vont se rouiller. Gare aux crampes. Et pour la tête aussi, ça vaut mieux de remuer un peu.

Je l'aidai à s'emmitoufler dans sa veste, gardai la mienne sur le dos, et emmenai le vieil homme faire sa première sortie depuis des semaines, en cette soirée de fin d'avril. La neige en fondant se trouait çà et là d'échancrures sombres. Le vieil homme s'appuya contre un solide tronc de pin, l'étreignant comme on le ferait d'un frère.

– Nous sommes sortis de l'auberge, tu vois, petit.
– Oui, je le crois.
Je posai une main sur son épaule.
– Et je te dois un grand merci, mon gars. Je ne sais pas combien il me reste à vivre, mais ce restant, je te le dois, et je t'en remercie.
– Moi aussi, je peux vous dire merci, monsieur Kirk.
– Ah! nous sommes une sacrée paire, nous deux, n'est-ce pas?
– J'en ai peur.
Il m'indiqua du geste le bloc de granit gris.
– Tiens, grimpe donc là-haut, mon gars.
– Là, maintenant?
– Oui. Dépêche-toi, avant qu'il soit trop tard.
En quelques secondes, je fus là-haut. Mais qu'attendait-il de moi? Là-bas, vers l'ouest, le couchant, d'un rose lilas, s'apprêtait à faire flamber le triangle de Flèche-en-Flammes.
– Dis-moi ce que tu vois, petit, me lança le vieil homme. Dis-le-moi, je l'imaginerai... Si c'est pas malheureux, de devoir regarder les choses à travers les yeux des autres!
– Je vois un guerrier, monsieur Kirk. Un vieux guerrier endormi sur la montagne. (J'avais la gorge nouée.) Il n'a pas l'air commode.
– Dis-moi... Est-il mort?
– Non, monsieur Kirk. Non. Il vit encore.

Table des matières

Chapitre 1	9
Chapitre 2	19
Chapitre 3	29
Chapitre 4	37
Chapitre 5	47
Chapitre 6	57
Chapitre 7	67
Chapitre 8	77
Chapitre 9	87
Chapitre 10	99
Chapitre 11	109
Chapitre 12	119
Chapitre 13	129
Chapitre 14	137
Chapitre 15	147
Chapitre 16	157
Chapitre 17	169
Chapitre 18	179
Chapitre 19	189
Chapitre 20	199
Chapitre 21	211
Chapitre 22	219
Chapitre 23	231
Chapitre 24	241
Chapitre 25	251
Chapitre 26	263
Chapitre 27	273
Chapitre 28	287
Chapitre 29	299

l'Atelier du Père Castor présente

la collection Castor Poche

La collection Castor Poche vous propose :
- des textes écrits avec passion par des auteurs du monde entier,
  par des écrivains qui aiment la vie,
  qui défendent et respectent les différences ;
- des textes où la complicité et la connivence entre l'auteur et vous se nouent et se développent au fil des pages ;
- des récits qui vous concernent parce qu'ils mettent en scène des enfants et des adultes dans leurs rapports avec le monde qui les entoure ;
- des histoires sincères où, comme dans la réalité, les moments dramatiques côtoient les moments de joie ;
- une variété de ton et de style où l'humour, la gravité, la fantaisie, l'émotion, la poésie se passent le relais ;
- des illustrations soignées, dessinées par des artistes d'aujourd'hui ;
- des livres qui touchent les lecteurs à différents âges et aussi les adultes.

Un texte au dos de chaque couverture vous présente les héros, leur âge, les thèmes abordés dans le récit. Vous pourrez ainsi choisir votre livre selon vos interrogations et vos curiosités du moment.

Au début de chaque ouvrage, l'auteur, le traducteur, l'illustrateur sont présentés. Ils vous invitent à communiquer, à correspondre avec eux.

CASTOR POCHE
Atelier du Père Castor
7, rue Corneille
75006 PARIS

61 le gang des cagoules
par George Layton
Cinq récits d'une enfance citadine au nord de l'Angleterre. Un jeune Anglais conte les espoirs, les déceptions, les catastrophes et les joies de son enfance encore toute proche. Les copains sont parfois féroces et les grandes personnes étonnantes... Grandir est décidément un parcours plein d'embûches !

62 je m'appelle bern
par Marie Halun Bloch
La ville de Kiev, au Xe siècle. Volé en bas âge par une tribu de nomades asiatiques, Bern est recapturé à l'âge de douze ans par les Kiéviens qui le reconnaissent comme l'un des leurs. Sa situation ne s'améliore pas pour autant. Il ne se sent pas plus « d'ici » que « d'ailleurs ». Bern songe à rejoindre les nomades qui assiègent Kiev et dont il connaît la langue et les coutumes. Mais comment quitter la ville ?

63 ricou et la rivière
par Thalie de Molènes
La vie des bateliers sur la Vézère au XIXe siècle. Le père de Ricou, quatorze ans, est accusé d'un crime et doit fuir le village. Ricou prend sa place au milieu des gabariers qui descendent la rivière. Il découvre les dures réalités du monde du travail mais aussi la solidarité qui lie les hommes. Arrivera-t-il à prouver l'innocence de son père ?

64 l'archer blanc
par James Houston
Kungo, un jeune Esquimau de douze ans, a vu les Indiens tuer ses parents et enlever sa sœur. Sa soif de vengeance est telle qu'il décide de devenir un grand archer. Après un long et périlleux voyage, il arrive chez Ittok et sa femme, qui le considèrent comme leur fils. Auprès d'eux, il s'initie au tir à l'arc et à la chasse mais découvre aussi la bonté et la sagesse. Renoncera-t-il à venger les siens ?

65 les vagabonds
par Gianni Rodari

En 1951, après la mort de leur père, Domenico et Francesco sont loués à un vagabond qui, avec sa troupe, leur apprend à mendier le long des routes d'Italie. Heureusement, il y a l'amitié d'Anna. Et les trois enfants survivent avec difficulté, croisant des truands mais découvrant l'affection et la solidarité.

66 les enfants jetés
par Françoise Bonney

Vous pensez : « on ne jette pas les enfants ! » Pourtant les registres de l'hôpital de San Gallo nous apprennent que c'était vrai ! A Florence, au XVe siècle, la guerre, la famine, la maladie, la pauvreté, quand ce n'est pas la méchanceté et l'indifférence « jettent » des enfants sous le porche de San Gallo. Comment Baladassare, Sinibaldo, et les autres sont-ils arrivés là ? Quel sera leur avenir ?

67 la sacoche jaune
par Lygia Bojunga Nunès

Raquel a des problèmes avec ses « envies » qui grandissent et qu'elle ne sait comment dissimuler. Il y a l'envie de cesser d'être un enfant, l'envie d'être un garçon et celle d'écrire... Un matin, dans la sacoche jaune qu'elle a récupérée, elle découvre le héros du roman qu'elle vient d'écrire, bientôt suivi de compagnons assez inattendus...

68 canilou
par Eric Munsterhjelm

Canilou, né du croisement d'un loup solitaire et d'une chienne esquimaude, doit se débrouiller seul, malgré son jeune âge. Sa vie, dans le grand nord canadien est remplie de découvertes fascinantes mais aussi de déboires et de déceptions. Partagé entre son instinct sauvage de loup et son instinct de chien, Canilou lutte désespérément pour gagner l'amitié des humains.

69 le douze juillet
par Joan Lingard
Sadie et Tommy sont protestants, Kevin et Brede catholiques. Ils vivent à Belfast, en Irlande du Nord, dans deux rues proches. Mais les enfants sont ennemis parce que leurs parents le sont et il en est ainsi depuis trois siècles... La tension monte et, le soir où la violence éclate, le drame qui en découle conduit les enfants à se poser la question : "Pourquoi se détestent-ils ?"

70 contes du monde arabe
par Jean Muzi
Seize contes recueillis auprès de conteurs du Moyen-Orient, appartenant à la littérature orale arabe. Ils sont en quelque sorte un des prolongements des contes des Mille et Une Nuits. Influencés par l'islamisme, ils mettent en scène des animaux et des hommes, dont les comportements reflètent la sagesse des peuples du désert.

71 Perle et les ménestrels
par Dorothy Van Woerkom
En Angleterre, au XIIIe siècle, Perle et Gauvin, deux enfants de serfs s'enfuient des terres du seigneur auquel ils appartiennent. S'ils échappent aux recherches durant un an et un jour, ils seront libres : c'est la loi. Ils sont recueillis par des ménestrels et Perle révèle ses dons de musicienne. Mais l'un des archers du seigneur semble l'avoir repérée. La fuite éperdue reprend...

72 esclave des Haïdas
par Doris Andersen
Kim-Ta, de la tribu des Salish, rêve de tuer le plus respecté des animaux : l'ours noir. Aidé par son esclave personnel, il le tue. Mais il n'a pas respecté le rituel. Comme un châtiment de l'esprit en colère, les Haïdas attaquent le village Salish et emmènent Kim-Ta et sa sœur. Mais peut-on oublier que l'on est né libre et fils de chef ?

73 comme à la télé
par Betsy Byars
Lennie, Américain de onze ans, vit seul avec sa mère qui tient un petit hôtel. Il se gorge de télévision et ne vit qu'à travers elle. Sa seule joie est de s'introduire dans une résidence où son imagination trouve à se nourrir. Mais un jour, surpris, Lennie va vivre une douloureuse aventure qui lui fera paraître la télévision, par contraste, bien irréelle et bien fade.

74 le visiteur du crépuscule
par Denis Brun
A la tombée de la nuit, un vieux géographe reçoit la visite d'un drôle de petit garçon qui vient lui raconter des histoires. Comment ce savant si sérieux peut-il croire à l'histoire du sapin de Noël prenant racine dans la maison de l'enfant, à l'histoire du lion ou à celle de la baleine au pull rayé ? Et si pourtant ces incroyables récits étaient vrais ?

75 la dame au cerf
par Wanda Chotomska
Six garçons et filles de la même classe portent la clé de chez eux autour du cou. En cherchant une des clés égarées, ils rencontrent une vieille dame pleine de dynamisme qui leur fait découvrir un cerf aux mystérieux pouvoirs. Mi-fée, mi-grand-mère, la vieille dame au cerf va transformer la vie des enfants...

76 Maggie voyageuse au long cours
par Dorothy Crayder
Maggie, dont les douze ans n'ont jamais connu d'autres horizons que ceux de Tilton, aux Etats-Unis, embarque seule sur un paquebot pour la traversée de l'Atlantique. Maggie entrevoit déjà quelque tornade, naufrage ou autres catastrophes maritimes. Mais la réalité surprendra son imagination et transformera les dix jours de traversée en une grande aventure...

77 Pie l'oiseau solitaire
par Colin Thiele

Pie vit toute sa jeunesse au milieu des siens, sur la côte sud de l'Australie. Un jour, un aigle passe dans le ciel et toute la colonie de pies s'amuse à le poursuivre. Mais bientôt, Pie se retrouve seul, au-dessus de l'océan. Il s'échoue à demi-mort, sur une île où il tentera mais en vain de se joindre aux oiseaux de l'île. Pie sera-t-il condamné à la solitude dans ce milieu hostile ?

78 Maggie et les trois suspects
par Dorothy Crayder

Le train est encore en gare de Gênes que Maggie, se sentant une âme de détective, remarque deux hippies et leur bébé qui lui semblent bien louches. Pourquoi cherchent-ils à l'éviter ? Et ce bébé est-il vraiment le leur ? L'enquête se révèle ardue. A l'arrivée à Venise, les événements se précipitent et Maggie a son compte de frayeurs et d'angoisses...

79 Ganesh (senior)
par Malcolm J. Bosse

Ses quatorze premières années, Jeffrey les vit en Inde où ses parents, venus d'abord pour affaires, ont choisi de rester. Une tragédie vient déraciner Ganesh (c'est le nom indien de Jeffrey) de son Inde natale et le force à gagner l'Amérique, sa terre d'origine mais dont il ne sait rien. Il s'y sent étranger. L'incompréhension entre ses camarades et lui diminue peu à peu, mais une menace inattendue vient remettre en question ce qui compte le plus pour lui.

80 derrière les visages (senior)
par Andrée Chédid

Neuf nouvelles, situées pour la plupart en Egypte et au Liban, qui cherchent à parler du cœur universel des hommes, de ces vrais visages qui existent derrière l'âge, le pays, la condition. Ces récits s'enracinent dans le concret, embrassent la cruauté de la vie, mais aussi l'espoir et l'amour.

81 mes amis les loups (senior)
par Farley Mowat

F. Mowat se voit confier la mission d'étudier la vie des loups dans le Grand Nord canadien. Captivé par leur comportement et convaincu de leur intelligence et de leur sociabilité, F. Mowat se prend d'une véritable passion pour eux. George, Angélina et Albert, c'est ainsi qu'il les surnomme, deviennent pour lui, plus que de simples sujets d'études.

82 la dernière chance (senior)
par Robert Newton Peck

Collin, à quinze ans, trouve la vie plutôt assommante. Le collège? Les parents? Les copains? Rien ni personne ne trouve grâce à ses yeux. Et voilà que son père l'emmène dans un trou perdu, chez un vieil homme solitaire. Collin est là pour «apprendre». Il apprendra que la vie ne fait pas de cadeau mais que c'est peut-être ce qui en fait le sel...

Cet
ouvrage,
le quatre-vingt-
deuxième
de la collection
CASTOR POCHE,
a été achevé d'imprimer
sur les presses de l'imprimerie
Brodard et Taupin
à La Flèche
en janvier
1984

Dépôt légal : février 1984
N° d'édition : 11727. Imprimé en France
ISBN : 2-08-161795-1